高仁和

高警官事件簿之

臺灣社會奇案

高仁和——著
怪盜紅　改編

楔子

本書記載前刑事警察高仁和從業以來遭遇過的各種特殊事件，
其中難免有科學無法解釋的特殊現象，或者說是存在。
在靈的生活空間裡面，我們看不到，但卻不能否認它的存在。
如同我們看不到風，卻能有感覺；看得到彩虹，卻摸不著。
存在，卻也不存在。

明鏡高懸，心存正念

據說宋朝在河南開封府衙門高掛著「明鏡高懸」這四個字，意指官員要判案公正、辦案無私，我投身警察工作二十餘年，一直把「明鏡高懸」放在心中，作為工作的最高準則。受到父親是警察的影響，加上我從小個性就喜歡打抱不平，對警察工作自然有嚮往，國小時有一次幫受到欺負的女同學出頭，卻被生事的同學揍了一頓，這種無力感更加深了我想要有能力可以幫助弱小，從此警察成了我志願。警校畢業之後，我由基層做起，以最近的距離與民眾接觸，幾乎與形形色色的人都交手過。

還是菜鳥員警時，發生一件令我至今難忘的事，民國七十八年有件轟動社會的詹益樺總統府前自焚案，當時詹益樺遺體停放在我工作轄區的第一殯儀館內，警方收到情資有社運人士要到一殯抬棺抗議，於是派遣員警二十四小時看守。當晚我值夜班，第一次在殯儀館值勤加上身處清冷陰森的環境，害怕得連廁所都不敢去，後來忍不住了，想去鄰近的椰子樹下小解，我隱約覺得背後有人卻聽不到聲音，突然肩頭被拍了一下，我嚇得把褲子都尿濕了！一個聲音傳來：「警察先生你在幹嘛？」原來拍我的是穿著黑色衣褲、膠鞋，在殯儀館工作的老伯。人嚇人，嚇死人，但最可怕的其實是自己內心的恐懼，這也更堅定我的信念——心存正念、善念，以及諸惡莫作，眾善奉行。

無論達官顯要或販夫走卒、是貧是富，每個人終究逃不過生老病死，回到生命的原點，我個人把這個過程解釋為「因果」。在我年輕時，根本不相信有「因果報應」，但是經過數十年警察生涯中，處理了無數的刑事案件，也接觸了早已數不清的大體，我親身經歷了許多奇特的現象，看過、聽過旁人所無法察覺的，這些都沒有辦法用現代科學儀器或科學角度來解釋，彷彿一切在冥冥之中早已有了安排，而這些被安排好的人、事、物，上演著固定戲碼。在現行法律下雖然無法制伏所有兇神惡剎的歹徒，但是在無形之中，似乎有一雙天眼正怒視著這些惡人的所作所為，正準備將這些人繩之於法，接受另一個空間的審判。每個案件都是一個故事，故事裡又有著每個人的人生，無論是加害人或是被害人，他們的故事對我都有啟發，也在在應證了法網恢恢，疏而不漏；天理昭彰，報應不爽。

在我經手的案件中，最小的嫌犯不滿十歲！這個小二女童因為偷竊麵包和文具被逮，雜貨店老闆抓她進警局不願和解。原來這女孩是單親家庭，母親為了養家在聲色場所陪酒，回到家往往爛醉如泥，女童疏於照料，肚子餓了沒東西吃所以才偷麵包果腹，面對這種堪憐的情況，我希望老闆可以原諒這個孩子，別讓她留下污點，雖然我是執法的警察，但如何忍心給這麼小的孩子上手銬？由於竊盜是公訴罪，老闆堅持提告，主管為了績效也怕被投訴包庇罪犯，仍要我進行筆錄。天人交戰的我暗自祈禱，希望上天給我面對的勇氣，最終我拒絕主管的指派，並向刑事組報備這件事，上級了解始末後，立刻下達釋放小女孩的指令，事後我和同事也協助女童母親到ＫＴＶ擔任洗碗工，到比較單純的場所上班，也有時間心力教養小孩，免去讓女兒可能走上歧途的遺憾，我也不會因為真的辦了這個女童，心懷愧疚而造成一生的痛苦。

雖然我遇過許多無法用科學解決的事，而人世間的確也無奇不有，但我還是一直秉持著敬天地但不迷信的心態。這本書裡記載的都是真實發生過的社會案件，用小說的方式呈現，是希望大家不妨用輕鬆的心情來閱讀。我不樂見怪力亂神，也不願意危言聳聽造成不安，如果各位能從這些故事裡獲得啟發，體悟「人為善，福雖未至禍已遠離；人為惡，禍雖未至福已遠離」，這就是我最大的成就。

最後，願人人心中都有一面明鏡，幫助我們明辨是非、有勇氣去抵抗不公義。

目錄

諸惡莫作，眾善奉行。

本書由真實案件改編，除高仁和之外，其他人事時地物皆為化名，如有雷同，純屬巧合。

第一案

1012房

高仁河俯身近距離觀察男子，慰問他：「你撐著點，救護車很快就來了。」男子聽見他的話，本來已經往上翻的眼球，緩慢移了下來，看向高仁河。那眼神倏地變得異常恐懼，視線穿過他，看向他後方。

台灣旅人有個習慣，進旅館房間前，為了不打擾可能在裡頭休息的好兄弟，必先敲門，向房內打聲招呼，告知今晚即將有人入住，請多包涵。

這樣一個禮數，卻未必沒有道理。

本案要講的，即是相似此種情景的事件。

T市N區，某汽車旅館，1012號房。

早晨十點，甜蜜幽會的一對情侶正準備退房，兩人有說有笑，一同下樓。

汽車旅館每間房為獨立兩層樓，樓下停車，樓上休息，樓梯是鐵製迴旋梯，中間豎立一根鐵軸，軸旁輻射式接著鐵桿階梯。

男走前，女緊跟在後。

變故突然發生，男子不知怎地從階梯跌倒，摔落地面，頭部著地。

「阿勇！」女子趕緊上前查看，她沒看清楚狀況，只見阿勇的頭流出血來，且不管她怎麼喊都沒有反應，但眼睛還能轉動，手腳頻頻抖動。

她嚇得奪門而出，連爬帶跑，四處找人。

路上她遇到一名阿姨，穿著白色上衣與藍黑色的裙子，是汽車旅館的制服。

像是遇上救命稻草般，她立刻抓住對方，哭喊：「救命！我、我男、男朋友跌倒了！我叫……他不能動……快救他……流了好多血……」

可惜她受到太大驚嚇，語無倫次。

清潔阿姨聽了一會，才明白過來出事了。她趕緊帶人到旅館櫃檯，打電話報警。

女子手直發抖，根本打不了電話，三個號碼的按鍵，老是會撥錯。不是按成１０１２就是按成１２１０。

「不行，我打不了！」女子向清潔阿姨哭訴。她連拿話筒都快使不上力氣了，她現在一閉上眼睛就能看到她男朋友頭著地，流血的模樣。

「我幫妳按！」清潔阿姨動作利索，三個按鍵撥出。

電話終於通了。

「我……我叫吳筱雯……」

在值勤人員的引導之下，吳筱雯報上自己的基本資料，斷斷續續將事件告訴對方。

得到對方立刻派人過來處理的回音。

警察派人過來查看大約是在十點多的時候，吳筱雯在電話中只說是跌倒受傷，流了很多血，沒能給出其他更有用的情報。

派出所的警員比吳筱雯膽大，仔細觀察倒地的阿勇，發現他頭部裡插了根螺絲，是回旋梯最後一階鐵桿鬆脫露出來的螺絲帽，不偏不倚正中腦袋。

事態嚴重，不是他們能處理的事件，一個電話撥到N區警局分局，請刑事組過來。

刑事組值勤的菜鳥警員高仁和剛打開一碗紅豆豆花，就接到派出所同仁的電話。他將紅豆豆花一口灌完，馬不停蹄，與負責帶他的學長羅忠洲一同前往汽車旅館１０１２號房。

「反正都出來了，等下那邊結束後，我們可以順路買午餐回去吃。」羅忠洲問出所有台灣人每日三餐都會提的經典問題：「你等一下要吃什麼？」

「我剛吃了豆花，現在還不會餓。」

「吃什麼豆花，我怎麼沒有？」羅忠洲憤怒。

高仁和與羅忠洲並騎公務車，很快抵達汽車旅館１０１２號房，和派出所的同仁打聲招呼後，進入現場查看。

「讓我看看是什麼情況。」羅忠洲觀察現場，視線掃一圈，停在站在門邊神色驚恐的女人身上。他頭一擺，問現場的派出所警察：「那是誰？」

「報案人吳筱雯，她說他們下樓的時候，她男友突然跌倒。」

羅忠洲詢問吳筱雯身分的同時，高仁和上前查看男子的情況，地上露出的螺絲大部分沒入男子腦袋，他還有意識，手腳時不時地顫抖。

「叫救護車了嗎？」羅忠洲接著問。

「已經叫了，還沒來。」

高仁和俯身近距離觀察男子，慰問他：「你撐著點，救護車很快就來了。」

男子聽見他的話，本來已經往上翻的眼球，緩慢移了下來，看向高仁和。那眼神倏地變得異常恐懼，視線穿過他，看向他後方。

高仁和被他的眼神嚇一跳，心裡莫名發毛，他猛地轉頭確認。他身後頭什麼都沒有，再看男子。

男子的眼球又翻回去了。

「來了！來了！救護車來了！」旅館阿姨高喊，向救護人員猛招手，示意他們方向。

救護人員抬著擔架過來，查看患者的情況，判定需要盡快就醫。

「幫忙抬人。」救護人員請離得近的高仁和幫忙。

「來。」高仁和不疑有他，一口答應。

在救護人員的指示下，他負責抬男子下半身。

「來，一二。」

男子被抬起，頭部離開螺絲的瞬間，腦漿噴出灑滿地。

儘管救護人員及時壓住傷口，出血量依舊非常可觀，送上救護車，立刻前往醫院。

菜鳥高仁和這輩子還沒機會見這麼多的人血，忍不住反胃，但想到吐了會破壞現場，硬生生忍住。

羅忠洲查覺到高仁和面有菜色，半調侃半關心，詢問他：「小高，行不行？」

「行。」高仁和勉強振作。

「那好，我送人回派出所做筆錄，你拍一下現場的照片。」羅忠洲示意。

潛台詞是男子可能救不回來了。

高仁和明白學長的意思，嚥下口水，答應：「好。」

「回去的時候，順便幫我買午餐，我要巷子裡的米糕跟豬血湯，順便切一份滷味，料隨便。」羅忠洲交代。

「好。」高仁和抹一把額頭上的汗，奇怪學長怎麼還吃得下。

果然薑還是老的辣，有經驗的刑警就是不一樣。

這場景、這氣味，很驚悚啊。

交代完畢，羅忠洲帶著吳筱雯離開。

高仁和回停車處，拿出車箱裡的拍立得，拍現場照片。

他一共拍了四張，一樓兩張，二樓兩張。

拍完照片，他和負責封鎖現場的同仁打過招呼後，離開。拍立得拍出來的照片，沒這麼快顯示，他先擱在上衣口袋，待會再看畫面。

他不忘學長的囑咐，繞一段路，到巷子裡的小攤販，買兩人份的午餐。人是鐵，飯是鋼，飯還是要吃的。

等老闆弄好餐點，高仁和待著無聊，檢查剛才的照片。

一樓的照片滿地血，確定該拍的都有拍進去，緊接著確認二樓的照片。

二樓是開放的空間，他人沒上樓，直接在一樓往上拍攝，足以將二樓的環境一覽無遺。

照片上出現一名中長髮的女人，頭髮長度約在耳下到肩膀的位置，身穿白色上衣、黑藍色裙子，類似汽車旅館的員工制服。

大約是距離遠，人物沒有拍得很清楚，第一張她側坐在床上，似乎正在休息，頭朝向牆壁，第二張她頭轉了過來，可能發現他正在拍照，所以面對鏡頭。

人物有點失焦，沒拍清楚長相。

「這家旅館的清潔阿姨也太敬業，都什麼時候了，還有心情打掃房間。」高仁和佩服清潔阿姨的心理素質。沒多想，將照片放回口袋。

「高警官，你的餐好囉！我多送你們兩顆滷蛋。」餐廳老闆親自將餐點送給高仁和，收錢找錢，一氣呵成。

生意做久了，附近的餐廳老闆認識他們警局的人，每次來光顧都會多送一點滷味，也是一種交陪的方式。

高仁和再三謝謝老闆，提著他跟學長的餐點，回警局。

警局的同事見他出現，一臉意外，對他說：「小高，你學長剛打電話來，叫你把午飯拿去派出所。」

「啊？他還沒回來。」高仁和錯愕。

「他說那個送醫院的人剛在醫院走了。」同事解釋。

走了！

高仁和震撼。

一想到他們到的時候，人還算有意識，至少手腳還能動，沒想到還是沒能搶救回來。

雖然早有預料，但他還是為那個人感到遺憾。

高仁和帶著午餐，再度出發，趕去隔壁的派出所，在路上調整好心情。

派出所員警各司其職，沒辦法分神安撫她，放任她在那裡慢慢消化。

「還不快點過來！林北快被餓死。」嗷嗷待哺的羅忠洲，一見高仁和，趕緊招呼，催他快點送飯。

高仁和遞上午餐，視線頻頻看向吳筱雯。

當年的筆錄還是手寫，派出所的員警寫完筆錄，和吳筱雯逐字逐句對照，確認無誤後，請她簽名，留下聯繫資料。她邊哭邊寫自己的ＣＡＬＬ機號碼，已經得知阿勇過世的消息。

「我看她差不多結束了，你送她離開派出所。記得留我們分局的電話給她。」羅忠洲交代一聲。

「我知道了。」高仁和馬上去辦。

他走向吳筱雯，打聲招呼：「吳小姐，妳還可以嗎？」

吳筱雯泣不成聲，緩慢搖頭。

高仁和不催促她，站在一旁，等她慢慢緩和過來。

「警察先生，對不起，我是不打擾到你工作了？我可以自己離開。」吳筱雯邊說邊站起身。

「需不需要我幫妳聯繫家人來接妳？」高仁和好心詢問。

「不用，我可以自己回去。」吳筱雯搖頭，再三強調可以自己回去。她雖然難過，但很堅強。

「妳回去的路上小心，要是有什麼問題可以聯絡我，我是刑事組的高仁和，妳可以打這支電話。」高仁和給她的是自己的分機號碼。

「謝謝你，高警官。」吳筱雯再次道謝，跟高仁和道別。

送人離開派出所，高仁和回去找學長，這前後大約十分鐘不到的時間，羅忠洲已經吃完他的午餐。

「哇！學長你吃這麼快！」高仁和震驚。

羅忠洲邊剔牙，邊哼說：「年輕人你還有得學，我們刑警吃飯就得這麼快，吃太慢線索就跑了。到時要哭都不知道要找誰哭。」

高仁和受教了。

「你拍的現場照片，我幫你看一下。」羅忠洲伸手要照片。

「我拍了四張。」高仁和交上照片。

羅忠洲看見把人拍進去的現場照片，氣得笑出聲：「笑死，你這菜鳥！現場照片裡不可以有人！你以為你在拍觀光照喔！這個沒辦法交給檢察官啦！回去重拍！」

尷尬。他也不知道怎麼會拍到人。高仁和摸摸鼻子，灰頭土臉，飯都沒吃，又回汽車旅館拍照了。

「咦？小高你怎麼又來了？」留守現場的員警再見高仁和，一臉意外。

我也是千百萬個不願意。高仁和抹一把臉，老實回答：「照片沒拍好，我回來重拍。」

「門怎麼關上了？」他看見1012號房的鐵門關上，皺眉疑問。

「旅館的人怕影響生意，就先關上了。你要進去的話，得去櫃檯請人來開門。」對方提醒他一聲。

「我去請人。」高仁和一路小跑，櫃台還是同一個阿姨，他喊一聲：「阿桑，我警察，麻煩開一下1012號的門，我要重拍現場照片。」

阿姨一聽警察需要幫忙，非常配合，拿了鑰匙就跟他走。

途中，高仁和不忘叮嚀：「阿姨，妳待會不要再上去了，我現場照片不能拍到人。我剛拍二樓的時候，都拍到妳了。」

「沒啦！我沒上去！我嚇都快嚇死，怎麼可能上去！」阿姨揮手反駁，瞪大眼看他，彷彿他說了什麼荒唐話。

不是妳，那照片裡的女人是誰……

不對，二樓根本不可能有人，唯一的樓梯滿地是血，現場有員警駐守，不可能有人能上到二樓。

高仁和越想越覺得毛骨悚然，他簡直要被嚇壞，但他故作鎮定，回到1012號房。

阿姨開完門，只願意站在門邊，一步也不肯再踏進。

高仁和心跳莫名加快，頭皮發麻，他隱約意識到他所拍到的女人可能不是人，他不敢跟其他人講，但現場照片一定得拍。

要是又拍到那個女人怎麼辦？這樣他不能向上頭交代。
情急之下，他硬著頭皮，拜託留守員警幫忙拍二樓的照片。
不說別的，光是現場一地血漿就夠恐怖了。
留守員警心裡也怕，勉強拍了兩張。
拍完照，高仁和在現場待了一會，等照片顯示。
要是又拍到那個不該出現的女人……到底是靈異照片比較恐怖，還是被上司當作廢物比較恐怖……都很恐怖。幹，可以告她妨礙公務嗎？
幸好，這次沒有再照到不該入鏡的人，他暗自鬆了口氣。
他告訴自己，不要想太多，自己嚇自己。
回頭，高仁和拿著照片順利交差，此事暫且放下。

就在高仁和幾乎快遺忘1012號房事件，局裡來了通電話，是當事人吳筱雯打來的電話，直接打到他的分機。

「高警官，我、我受不了……」她開始哭，話說得斷斷續續：「我一直夢見我在那個房間……1012號房……」

高仁和一聽見1012號房，立刻心跳如鼓，莫名地緊張起來。

「我男友不是跌倒，他是被推下去的！我夢到在那個房間，我們正準備離開，然後有個女人推了他！真的，我看見她了！是她害死我男友！不只這樣，她還來找我……我感覺她越來越接近……她不只要抓一個，她要抓一雙……怎麼辦、我該怎麼辦……」吳筱雯無助地哭，情緒崩潰。

高仁和不知該如何安慰，這種作夢夢到的事子虛烏有，連筆錄都不能做，偏偏她做的夢跟他拍到的照片不謀而合。

他在現場，確實拍到女人的照片。

然而這種事他不可能據實告知對方，那會造成無端的恐慌。

他思來想去，只能用當初他安慰自己的那套說詞，說服吳筱雯：「我跟妳說，妳不要想太多，自己嚇自己。妳是受到太大的打擊，才讓妳做那樣的夢。那都是沒有的事情，妳要看開點。」

「我早知道你不會相信……」吳筱雯呢喃，自己掛斷電話。

高仁和聽她這麼說，還被人掛電話，心裡不好受。

他對吳筱雯說的話半信半疑，他內心傾向相信她。

他記得當時送吳筱雯離開，她堅持自己回去，不需要人送。多堅強的一個人，現在卻瀕臨崩潰的邊緣。

只是這種事太玄乎，說出去根本不會有人相信。

後來，吳筱雯再沒有打來警局。

隔年高仁和調到別的單位，時間一久，他逐漸淡忘此事。

直到多年後的某一天，他接到好友冬瓜的電話。葬儀社的冬瓜在業界頗具盛名，跟他們警方經常有互相協助合作的機會，一般葬儀社處理不了的案件都會請他幫忙，最常處理的便是無名屍。

無名無姓、無法辨別的無名屍。

高仁和意外接到他的電話，說來他們也有一段時間沒連繫了，服務單位隔得老遠，平時很難碰頭。

「東爺，找我？」高仁和疑問。冬瓜年紀比他大幾歲，入行比他久，雖然是朋友，卻還有個輩分在，所以稱呼對方東爺。

「我正在處理女人的屍體……」冬瓜不跟他囉嗦，直接進入主題。在他面前就是女人的屍體，在海邊被人找到，身體被水泡得浮腫不堪，難以辨認。

他話未盡，高仁和打趣：「你每天不都在處理……」

「這女人的皮包放了一張護貝卡，上頭寫你的名字。」

高仁和又一次打斷他：「怎麼會有我的名字？你別亂講！」

「閉嘴。聽我把話說完。」兩次被打斷的冬瓜微怒。

「好，我閉嘴。」高仁和安靜下來。

「我這裡有一名女浮屍，外型已經認不出來。她皮包什麼證件都沒有，但放了一張護貝卡，上面寫著你的名字跟你以前在Ｎ區分局的電話，還有一句話。來，我唸給你聽：『要是我出了什麼意外，請找高仁和警官。』」冬瓜將女子留下的訊息唸完，半晌，沒聽見高仁和反應，他問：「如何？你有印象嗎？」

「我哪有印象……找我要幹嘛，她怎麼不寫清楚點。」高仁和無奈。

沒頭沒尾，一點頭緒也沒有。

高仁和視線掃到電話座機旁的周曆，這禮拜是十月七日至十月十三日，今天是十月十三日。

突然一個想法閃過腦海，他的嘴比思考快，疑問脫口而出：「死亡時間是什麼時候？」

「推定是昨天，十月十二日。」冬瓜回答。

高仁和沉默。

１０１２，這一串數字勾起他的記憶。

１０１２房、無緣無故的跌倒、不存在的女子照片……

他腦海浮現吳筱雯最後一次和他通話。

『她不只要抓一個，她要抓一雙……』

她說的話，他竟然還記得清楚。

高仁和嚥下口水，告訴冬瓜：「東爺，我好像知道她是誰了。」

「爸爸，你可不可以帶我去吃麥當當？」

瘦小的女孩牽著爸爸的手，走在街上。她抬頭看著爸爸的側臉，今天爸爸難得提早下班，接她放學，她開心地要求。

可惜，家裡已經煮好晚餐，爸爸不能帶她去吃麥當當，不然會被媽媽罵。

「今天不行，下次爸爸再帶你去吃，好不好？」爸爸許諾。

「下次是明天嗎？還是後天？」小女孩接著問。

「明天就買給妳吃！但是我們不要跟媽媽講，我們偷偷去吃！」爸爸轉頭對小女孩眨眼，和她約定。

「好棒喔！」小女孩特別開心。

小女孩與爸爸邊說邊笑，漸行漸遠。

晚間九點左右，一名婦人神情緊張前來派出所，她手拿孩子的照片，對值班的員警說明來意：「警察先生，抱歉打擾了，我、我女兒放學到現在還沒有回家，你們可不可以幫我找一下？這是我女兒的照片……」

婦人指著照片中的孩子，身材瘦瘦小小，大約十歲左右的年紀，對著鏡頭笑得非常開心的模樣，比著剪刀手。

「阿姨，她多久沒回家了？」員警細問。

「放學五點到現在，大約四個小時左右。」

「四個小時？阿姨，她會不會是跟朋友玩到忘記時間，妳要不要先聯繫她同學看看？」員警無奈表示：「而且未滿七十二小時，我們也沒辦法立案。」

（註：當年的時空背景是未滿72小時沒辦法立案，但現在兒童失蹤可以立即報案。）

「這樣啊……」婦人猶豫，雖然員警的話不無可能。

「我看這樣，妳把照片留下來，我讓巡邏的同仁幫妳注意。如果有遇到，我們會叫她快點回家。」

「好好好，麻煩你們了！」婦人再三道謝，感激員警的幫助。

「那妳過來留個資料。」員警給她紙筆，讓她留下基本訊息。

失蹤的孩子名叫閔琇慧，十一歲，就讀小學四年級，目前失蹤四個小時。孩子很乖，平時放學會馬上回家，即便要和同學玩，也會先回家放書包，最晚不會超過七點。

晚上九點還不回家，已經非常晚了。

閔媽直覺不對勁，很快來派出所報案。

閔小妹的照片在派出所流傳，儘管如此巡邏的員警仍然沒有遇到閔小妹。

第二天，早晨。

清潔隊員正打掃N區公墓附近地帶，兩人一組，邊打掃邊閒話家常。

倏地，其中一名阿姨話語聲戛然而止，她的視線停在散落一地的書本，她放下竹掃把，蹲身仔細看。

那是小學四年級的學校課本，還有一個紅色書包掛在樹枝上。

阿姨一驚，地也不掃了，她撿起課本與書包，跟同仁交代一聲，急急忙忙前往派出所。

要是小朋友亂丟書包也就算了，要是出事情了怎麼辦。

阿姨也有女兒，所以特別緊張。

派出所員警接過書包，一看課本上的名字：閔琇慧。當下心一涼，經過確認就是昨天放學後失蹤的閔小妹後，立刻聯繫刑事組。

N區公墓位於山區，區域廣大，警方動員刑警隊、交通隊、警備隊、所有派出所警員、民防、義警，好幾百人搜山。

刑事組的高仁和也在其中，他身穿刑警背心，跟著學長羅忠洲仔細搜尋，時不時喊著閔小妹的名字。

此起彼落的呼喊，一聲又一聲的閔琇慧，響徹公墓山區。

從中午一、兩點開始搜索，搜到下午四、五點。

眼看天要黑了，他們還找不到人，這下去不是辦法。刑事組組長何以良將小菜鳥高仁和喊過來，交代他：「小高，你下山一趟，去買三包香。」

「香……香菸嗎？」高仁和疑惑，都什麼時候，誰還在乎有沒有菸抽。

「你這菜鳥！是拜拜的香！組長歹勢，我回去後，會好好教育他。」羅忠洲看不下去，跟組長道歉。

「沒事，快點去。」何以良擺手，沒放在心上。

羅忠洲給高仁和報路，讓高仁和趕緊下山，最近的佛具行距離公墓大約十五分鐘的車程。

高仁和順利找到那間佛具行，他穿著刑警背心進店，店長從櫃檯走出來。

「買什麼？」

「我要香，三包。」

店長猜他是辦案需要，走到香擺放的位置，拿了三大包品質上等的香。

「算你成本價。」店長報了比市價還低的價格，開發票，打好統編。

「老闆，謝謝，我趕時間，先走了。」高仁和感謝他。

店長揮揮手，示意他快走。

高仁和趕緊回公墓，和大家會合。

其他人已經各自散開繼續搜索，唯有羅忠洲留在原地等高仁和回來。

「學長，我買回來了。」高仁和和他打聲招呼，提著三大包的香。

「走，我帶你去找組長。」羅忠洲帶路。

何以良正指揮一批人翻草叢，見高仁和回來，又交代一句：「把香都點上。」

羅忠洲和高仁和兩人開始拆包裝，點燃香，一把一把交給組長。

三大包的香，何以良握在手中好大一把，他單手高舉香，對空喊話：「閔琇慧！我們來找妳了！聽得到趕快讓我們找到妳！」

他的聲音雄厚，中氣十足，盡可能讓聲音傳得遠一點，希望能被聽見。

語畢，他將香往地上一插，霎那起火，火燒得旺盛，以科學的角度來看，是一大把香火聚攏的效應。

何以良見狀，低聲呢喃：「應該很快就能找到。」

隨後，他嘆了口長氣。

高仁和全看在眼底，卻不明所以。

一名交通隊的隊員搜到一所荒廢多時的工寮，工寮附近有間空屋，空屋是一層的平房，連屋頂都沒有，裡頭配置可以一覽無遺。他站在工寮高處往下一看，看見隔壁空屋的一口玻璃纖維的浴缸、一堆雜物，跟堆起的破衣破褲，以及一顆露出的頭顱。他激動高喊：「找到了！」

距離何以良插香，前後不到五分鐘，便得知找到閔小妹，興許冥冥之中是閔小妹顯靈，讓他們終於找到她。

一切皆有可能。

穿制服的警員通通撤離，只有刑警能進現場。

刑警隊一個個神色嚴肅，不管辦過多少案件，多有經驗的警察，面對孩子的命案，做大人的總是心有不忍。

高仁和在隊伍之中，同樣凝重。羅忠洲和他一同帶閔小妹出來，閔小妹大半身體埋在破舊衣褲中，顯然是有人刻意為之。

他們先後挖開周圍的衣褲，由高仁和抱起女孩，女孩十分瘦小，體重很輕，不到三十公斤。他將女孩安放到地上，一翻身，才知道她的臉不見了，血肉模糊，無法辨識。她上身還穿著制服，下半身卻赤裸且一片狼藉。她腹部有一個拳頭大的傷口，血跡斑斑。

高仁和不忍，閉眼，深吸口氣，無奈嘆息，心裡特別難受。他沒有意識到自己剛才的舉動，和幾分鐘前的何以良重疊了。

找不到也難過，找得到也難過。

「幹！」羅忠洲暴怒大吼。

他的聲音在寧靜的公墓迴盪，恐怕也是所有警員的心聲。

閔媽收到警方的通知，情緒頓時崩潰，沒有辦法接受現實，哭暈過很多次。

閔家人陷入濃雲慘霧之中，閔家的三阿姨聽說中壢有個師父非常有名，帶著閔爸去牽亡魂。

牽亡魂，透過靈媒的幫助，讓生者與亡者重聚。

閔爸將記錄牽亡魂過程的錄音帶交給羅忠洲，希望能幫助警方早日破案。

「請節哀。」羅忠洲拍拍他的手臂，安撫一句。

「啊，對了，羅警官，我女兒不要火葬，要改土葬。錢的事，我會再想辦法，你們千萬不要火化她。拜託了。」閔爸請求。

「好，沒問題，我再跟檢察官連絡。」

羅忠洲親自送走閔爸，回頭，把錄音帶交給高仁和，吩咐：「你把內容翻譯一下。還有，你等一下記得聯繫負責閔小妹的檢察官，請他改土葬，家屬說不要火化。」

羅忠洲所謂的翻譯，即是根據錄音帶的內容逐字聽寫，一個字都不能不一樣。

錄音帶分正反兩面，一面六十分鐘，一共一百二十分鐘。羅忠洲手中有好幾件案子要辦，不可能花時間在寫翻譯上，交給菜鳥剛剛好。

高仁和接過錄音帶，拿出卡帶隨身聽，一鍵播放。

羅忠洲原本回自己座位了，聽見高仁和的動靜，立刻滑著椅子過來，往高仁和頭上招呼一記：「菜鳥！這裡報案的老百姓來來往往，你是要嚇死誰！」

高仁和被猛地一拍，嚇了好大一跳，他按下暫停鍵。他轉頭，對學長解釋：

「我……我有點害怕……」

「你刑警怕什麼！」羅忠洲拉開他的抽屜，翻找出耳機，丟到桌面，怒道：「用耳機聽啦！」

高仁和無奈，安插耳機，塞進耳裡，按下播放鍵，調整音量，仔細聽。

錄音帶一開始有個小女孩在哭，旁邊有個人喊：「妳不要哭了，妳是什麼人。」

「我是妹妹。」

閔小妹的綽號就是妹妹。

她接著指出在場的人：「這是爸爸、三阿姨……」

「妳有沒有缺什麼？我現在燒給妳，好不好？」閔爸詢問。

「你燒什麼我都收不到……」

透過靈媒的口，閔小妹又開始哭。

「妳不要哭了，現在要問妳，誰殺了妳？」

「誰殺了我不重要。有一個快要抓到了，還有一個在很遠很遠的地方，我跟在他的身邊，可是很遠……這個年過了，就抓得到了。」

「妳有沒有需要我再幫妳做的事？」閔爸再次開口。

「你替我做什麼事情都沒有用。爸爸，你都騙我。」閔小妹抱怨。

「我騙妳什麼？」閔爸疑惑。

「你騙我要帶我去買麥當當，騙我說要買芭比娃娃給我都沒有。」

「那我現在買麥當當跟芭比娃娃給妳好不好？」

「不用，你買我也收不到。爸爸我可不可以求你一件事情？」

「你說，爸爸都答應。」

「你可不可以不要把我用燒的，你把我用埋的好不好？」

「好好好……」閔爸答應。

高仁和聽見閔爸的聲音哽咽，跟著心酸難過。

做完翻譯，他摘掉耳機，抹一把臉，長嘆口氣，趕緊拿起座機話筒，給負責的檢察官打通電話。

「我這裡是N區警察分局，閔琇慧的家屬要求不要火化，要改土葬，麻煩你再處理一下。」

通話很快結束，高仁和心情依舊沉重。

「如何？翻譯完了？」羅忠洲結束手邊的事，注意到高仁和沒再使用隨身聽，過來詢問一聲。

「翻譯完了。學長你看，裡面說一個快抓到了，另一個很遠，要過完年才能抓到。犯人可能是兩個人。」高仁和根據翻譯出來的內容跟羅忠洲討論。

礙於其他報案老百姓在場，羅忠洲氣歸氣，但壓著聲音怒罵：「糞埽！還兩個！」

「可是凶手是誰，我們還沒有頭緒，連嫌疑人都不清楚，她怎麼會說快要抓到了？」高仁和疑惑。

「我跟你說，雖然說牽亡魂有時候真真假假，騙錢的靈媒會亂講，但是我們都是抱持寧可信其有的態度。既然她說快要抓到，那很有可能就在這幾天會有頭緒。我看這樣，最近幾天，有事沒事多去公墓那裡轉轉，找看看有沒有目擊者。」羅忠洲建議。

高仁和點頭，同意他的說法。

「對了，派出所剛把閔小妹的生活照送過來，我剛多印好幾張。」高仁和將照片遞給羅忠洲。

照片是閔媽當初拿到派出所，請員警幫忙找閔小妹的生活照。

照片中的人笑得開心，天真可愛，可惜人已經不在。

第七天。

高仁和與羅忠洲吃完晚餐，便帶著閔小妹的照片，各自繞著公墓周圍，尋找出入的路人，希望能碰上目擊者。

高仁和碰上一名出門遛狗散步的婦人，上前和人打聲招呼：「阿姨，借問一下，妳最近有沒有看過照片上的妹妹？」

他拿出閔小妹的照片，請婦人看看。

婦人牽著狗停下腳步，微微彎腰，仔細看著照片。

「有有有！上禮拜我有看到這個妹妹！」她認出閔小妹，頻頻點頭，直搖手指。

高仁和趕緊接著問：「她是自己一個人來，還是有其他人？」

「不是一個人，還有另外一個人。那個人臉色很難看，牽著這個妹妹。」阿姨記得當時的情況。

臉色很難看。根據這句話的描述，高仁和推斷可能是吸毒犯或是遊民，而所有遊民的資料在警察局都有建檔。

「阿姨，歹勢啦，我現在需要妳跟我回警局一趟，幫忙指認是哪個人。」高仁和請她配合。

「啊？這個妹妹出歹誌啊？」婦人聽了，意外地問，口氣中明顯的不捨。

「唉。」高仁和沒細說。

婦人二話不說，立刻跟他走。她的狗站坐在公務車的腳踏板，高仁和騎車，婦人坐在後座。兩人一狗，一起回N區分局。

他請婦人到他位置旁的椅子稍坐片刻，婦人的狗很乖，趴在婦人的腳邊，不吵也不鬧。

高仁和通知羅忠洲回分局，說明已經找到目擊者。

他找出放在檔案室的遊民資料，厚厚一疊文件本，請她指認，找出當天跟閔小妹在一起的人。

婦人才剛翻到第三頁，立刻指出：「就是他！」

她指著資料上一名叫做曹阿明的遊民，非常篤定。

「妳怎麼這麼確定？」高仁和意外，原本以為會花很多時間，沒想到這麼快就指認出來。

「他眼睛大小眼，白眼球比黑眼球還多。我記得很清楚。」婦人描述。

羅忠洲回來，高仁和已經送婦人離開，從他口中得知婦人指認的過程。

「是天意。算一算今天正好是閔小妹的頭七。」羅忠洲感慨。

他們查到曹阿明的下落，人在遊民收容中心。

羅忠洲和高仁和全副武裝，前往遊民中心抓人。

曹阿明待在遊民中心一角，身體靜不住，一下前傾一下後仰，持續動作。

「曹阿明！」羅忠洲喊一聲他的名字。

他們警證還沒亮出來，曹阿明先出聲承認。

「我知道，哪一件我知道。你要問那個小孩。我跟你去。」他像是早有準備，知道警方會找上自己，毫不意外，甚至有種鬆了口氣的錯覺。

雖然他態度配合，但羅忠洲還是給他上銬。

不能動私刑，只能用這種方式表達自己的憤怒。

回警局，高仁和負責寫筆錄，羅忠洲詢問曹阿明。

根據曹阿明敘述，那天他趁著閔小妹放學，身邊沒大人，他向她搭話。

『小朋友，妳肚子餓不餓？叔叔帶妳去吃麥當當，好不好？』曹阿明穿著收容中心發的舊衣舊褲，這是收容中心最好的一套，看起來還算得體。他對閔小妹和善微笑，哄騙對方。

『真的嗎？』閔琇慧聽到一直很想吃的麥當當，眼睛一亮。

『真的，我知道有一個地方的麥當當很便宜，我帶妳去吃。』曹阿明說得肯定。

如果有大人在，立刻就能拆穿他的謊言，麥當當是速食連鎖店，所有餐點價格都一樣，不會有哪一家比較便宜。

然而，聽話的對象是一名十歲的小女孩，她不疑有它，選擇相信他。

『好啊！』閔琇慧用力點頭，輕易答應。

『來，我帶妳去。』曹阿明笑著牽起她的手，往公墓山區的方向走去。

兩人越走越偏僻，閔琇慧卻沒有任何警戒心。

「我問你！小孩的臉怎麼不見？」羅忠洲質問。

「我帶小孩去山頂，要性侵她。她發現了，就開始哭，掙扎得很厲害。我抓著她的馬尾去撞牆，臉就沒了。我弄完之後，她還有意識，我就拿樹枝捅她，再埋起來。」曹阿明描述過程，一臉愧疚。
奇怪他現在露出愧疚的表情，他當時怎麼下得了毒手。
羅忠洲做好幾個深呼吸，才勉強壓下抓人痛打一頓的衝動。
「我再問你，還有一個人是誰？」羅忠洲接著問。
「沒有了……」曹阿明回答。
羅忠洲氣得拍桌：「明明就有！」
「這件沒有其他人，是……是另一個妹妹，她是在榮總醫院走的……」曹阿明嚇得全都招了。
不問不知道，一問嚇一跳。
曹阿明犯的不只閔小妹一起案件，他身上背著好幾條人命。
另外一名共犯叫做陸阿忠，不僅是那個小妹妹，他還教唆曹阿明共同殺害四名女子，一名被分屍跟石頭一起裝進雞籠，沉入公墓水池池底，另外三人則埋在發現閔小妹屍體的附近。

高仁和邊做記錄，邊聽得心驚膽戰。

做完筆錄，羅忠洲冷眼盯著曹阿明，問一句：

「你殺這麼多人！你不會怕嗎！」

「會怕。但是我什麼都沒有……」曹阿明誠實回答。

他是遊民，沒錢沒工作，但他也是人，還是一個男人，做人就會有慾望。當他慾望得不到滿足，他只好想辦法去滿足。他買不了妓女，卻可以對比自己弱小的女性或是兒童下手。

「我也沒辦法。」曹阿明懊悔。

「幹，你沒辦法，就去害人，你怎麼不害你自己就好，要去害別人。你知不知道因為你們黑白來，害好幾個家庭毀了！」羅忠洲氣憤。

曹阿明掩臉，悶悶地哭。

像曹阿明這樣的人，在社會中不知道還有多少，隱藏在各個角落之中。

高仁和心情沉重。

閔爸依循閔小妹的遺願，想為她辦土葬，但他一時之間拿不出那麼多錢。他只好對外募款，請地方人士幫忙。

高仁和有心想幫忙，他將這件事告訴冬瓜，問他願不願意來送閔小妹一程。

冬瓜沒猶豫多久，便答應他，特地來T市N區一趟，幫忙喬土葬的事情。他處理閔小妹的遺體，讓閔爸包個紅包意思有到就好。

事後，他拿著閔爸給的紅包，請高仁和吃麥當當，點了三份餐點。

「你跟我說完閔小妹的事，我馬上就帶姪女去吃麥當當。」冬瓜說道，心有餘驚：「千萬不能讓她被騙去。」

「有用嗎？不是麥當當，也會是別的。可能是芭比娃娃，可能是CALL機。」高仁和覺得這個辦法沒用。

「所以現在學校都會提醒學生不要隨便跟陌生人走。唉，真的很可憐。」冬瓜搖頭。

「是啊，來不及長大的小妹妹。」高仁和感慨。

第三份餐點就擺在桌上，他們默契十足地沒有動，用來祭奠閔小妹。

警方根據曹阿明的供述，尋找陸阿忠的下落，發現他人不在國內，而是在中國。

等到年一過，陸阿忠回國。

他一入境，出入境管理局馬上通知警方，將陸阿忠逮個正著。

應了閔小妹在牽亡魂時，告訴他們，人在很遠很遠的地方，但是這個年過了，就抓得到了。

冥冥之中，注定曹阿明與陸阿忠要落網。

多行不義必自斃。

第三案

墓園禁忌

十幾分鐘後，救護人員通報的警察過來，高仁和與同事一起抵達現場，給林家人做筆錄。從他們口中得知，死者林國雲不願意掃墓，便先行離開。誰知沒有走幾步，他就踩到后土，向後滑倒，撞到頭，人就過世了。

清明掃墓，對台灣人來說，不僅是慎終追遠、祭祀祖先，亦是家人聯絡有無的日子。

我們總能聽長輩說起掃墓有不少的禁忌，其中大多禁忌的原理，不外乎尊敬祖先、心懷敬畏。

即便是不信，至少要保有幾分尊重。

敬鬼神而遠之，可謂知矣。

對鬼神存有尊敬之心，但不親近他們，可以說是明智了。

本案要說的，即是一個大不敬又不明智的故事。

T市M區FD公墓墳墓。

台灣土地小，台北市更不用說，寸土寸金，人們不得不在夾縫中求空間。兩家的祖墓相鄰，你張家墳旁邊就是我李家墓，這是常見情景。

一日，清明時節，各家紛紛來墓地掃墓，祭祀祖先。

林家墳位置靠內，要走到林家，就必須先經過陳家墓。

「不好意思，借過一下。」林家長女林玉倩是林家最先抵達墓地的人，她要先向陳家人打聲招呼，得到陳家人的允許，才走過陳家的墓，進入他們林家的位置。

陳家人來得比林家人早，已經擺好供品，準備燒金紙。

林家的其他人陸陸續續來到，林家次男林國樺帶著子女，一樣先跟陳家人打聲招呼，才走入他們林家。

林家長子林國雲一家來得特別晚。他來的時候，陳家人正燒金紙，四散站著，正愉快地聊著天，跟許久沒見的親戚敘舊。

「借過一下。」林國雲站在陳家墓的入口處，跟一名背對自己的陳家人說話。

對方正說到激動處，肢體動作也大，相談甚歡，沒聽見林國雲的話。

林國雲不耐煩，嘖聲，帶頭，踩著陳家墓而過。

陳家人注意到他的舉動，喊住他：「你站住！你怎麼可以踩我們家的墓！」

「踩一下會死喔！」林國雲反駁，語氣夠嗆。

這火瞬間點燃，兩方吵了起來。

「叫你們過來，還不過來！」林國華跟陳家人吵，回頭，他還命令自己的老婆、子女，非要他們和自己一樣踩陳家墓過來。

林國雲的妻子許惠依，不敢踩別人的祖墳，帶孩子站到一邊去。

「你這人會不會太沒禮貌？你怎麼好意思踩別人家的墓！」陳家人氣瘋了，沒見過這麼無理的人。

「不就是墓，人都死了，還能拿我怎樣？」林國雲睜大眼，毫不覺得自己哪裡有錯。

雙方越吵越火，幾乎快打起來。

「好了，不要吵了。你本來就不應該踩別人的墓，你麥擱番。」林玉倩勸自己的弟弟少說兩句。這件事本來就是林國雲不對，她代替她弟向陳家人道歉，勸和雙方：

「歹勢，我弟弟脾氣比較直，我替他賠不是。阮都麥吵，不要打擾到大人休息。」

看在祖宗的份上，陳家人勉強接受林姊的道歉，等燒完紙錢，給墓蓋好紙錢，收拾東西，便離開了。

「有什麼了不起，掃個墓而已，囉哩叭唆。」林國雲見陳家人走光，對著他們的背影吐口水。

林家人看在眼底，卻不敢再說他幾句。
林國雲的壞脾氣，他們林家人都知道，他的妻子小孩更是吭都不敢吭聲，各自低著頭。
剛才沒順著他的意，踩陳家墓過來，差點就要挨林國雲的打了。
要不是礙於有親戚在場，可能真的會動手。
然而，林國雲還沒完，他越想越氣。
等陳家人完全遠離他們的視線，林國雲走到陳家墓，踹陳家的墓碑。踹完，依舊不解氣，他直接在那墓碑旁邊尿尿。
這實在太狂妄、太超過了。
許惠依連忙阻止他：「你不要這樣，不要做這種事。」
「妳惦惦啦！」林國雲怒罵他老婆，面部猙獰。
尿完，他回去掃他的墓，不做什麼事，光出一張嘴催促其他人。
「卡緊啦！要拜到什麼時候？」林國雲不掩飾自己的不耐煩。
「你最晚來，還一直催，你是催什麼？吃這麼多歲，脾氣越來越大。不想拜，你現在就可以回去！」林玉倩氣得不行，恨不得把手中還沒燒完的金紙砸到他臉上。

「回去就回去！走，東西收一收，我們回去！」林國雲被她一罵，心裡不爽，喊自己家人走，墓也不掃了。

「大姊，歹勢啦。」許惠依跟林玉倩道歉。

「妳免歹勢，他這種性格，只有天可以收他。我們都沒辦法。」林玉倩又氣又無奈。

許惠依不敢隨便收走祭拜的東西，乾脆送給林玉倩跟林國樺一家。

她交代的話還沒說完，聽到孩子的驚呼聲。

「阿爸！」

她一轉頭，林國雲整個人往後摔，手腳大張，身體呈大字型躺倒在地上，腦袋好巧不巧正撞上墳墓邊緣的石磚，當場昏迷。

「老公！」許惠依趕緊走去看，拍拍肩膀跟臉，發現林國雲沒有任何反應。她抬頭，向大姊求助：「沒反應，怎麼辦？」

「叫救護車！」林玉倩也緊張，她沒有手機可以用，要打電話就得到山下找墓地的管理人員。

「我有手機！我來打、我來打！」林國樺趕緊拿出手機聯繫救護車。

「奇怪，沒歹沒誌，他是怎麼跌倒？」林玉倩心急如焚，雖然剛剛很氣他，但畢竟是一家人。打斷腿骨，還連著筋。

「爸爸是踩到那個跌倒的。」林國雲的孩子五六歲的年紀，他看到爸爸跌倒的經過，驚魂未定地說著。

他所指的那個，正是后土，負責守墳的土地公。

「怎麼會這樣……」

林家人覺得不可思議，后土體積不小，不至於看走眼踩到，偏偏林國雲就是踩到后土跌倒。

十分鐘左右，救護車來到墓地，但墓地位於山區，車子只能開到山下，由救護人員抬著擔架上山。

找到林家人的時候，檢查完林國雲的情況，沒有呼吸心跳，急救無效，確認人已經往生了。

「死亡時間十一點三十三分。這得叫警察過來了。你們在這裡稍等一下。」救護人員宣布死亡時間，並對家屬表示，緊接著聯繫警方。

林家人震驚，許久緩和不過來。

前一秒還吵著準備回家的林國雲，一下子就沒了。

明明也沒流血，他們還以為情況不會太嚴重。

「怎麼會……」林玉倩錯愕。

許惠依連抽好幾口氣，才哭了出來。

其他人更是手足無措。

救護人員幫忙通知警察與葬儀社後，先行離開。

十幾分鐘後，救護人員通報的警察過來，高仁和與同事一起抵達現場，給林家人做筆錄。

從他們口中得知，他們早上八九點就來墓地掃墓，後來起了口角，死者林國雲不願意掃墓，便先行離開。誰知沒有走幾步，他就踩到后土，向後滑倒，撞到頭，人就過世了。確認林國雲離開的時候，是自己一個人走，沒有人拉他或推他，而他自己的兒子親眼目睹他跌倒的過程。

高仁和看小朋友眼眶泛紅，要哭不哭，猜他大概還不清楚爸爸過世是怎麼一回事。他安慰小朋友幾句：「小朋友，要堅強。」

沒多久葬儀社也來了，在一旁待命，等檢察官相驗，驗完幫忙運送屍體。

高仁和跟同事在死者周圍搭起臨時帳棚，用布將棚子蓋起來，不讓其他人進來看。

檢察官來得很晚，四點多才到場。

林國雲的屍體僵硬得很快，屍斑都冒出來，死的時候身體呈大字型張開，四肢僵直。

高仁和負責現場拍照，檢察官驗屍的時候，他在一旁採證拍攝。

檢察官剪開衣服褲子，檢查是否有其他外傷。

「基本上沒有什麼問題，沒有其他明顯外傷，連一滴血都沒流。跟家屬說的吻合，是意外。」檢察官邊填資料邊說道。

人體的頭腦是最脆弱的部位，只要有一個角度撞上了，就可能致死。

檢察官低頭做著記錄。

高仁和趁機近距離觀察林國雲，他看到林國雲的鼻孔緩慢冒出一個泡泡，似乎是鼻涕。鼻涕泡泡破掉後，像是一個啟動開關，他的鼻血流出來，眼睛濕潤也流了血，接著是耳朵、嘴巴，七孔流血。

「流、流血了……」高仁和緊張。

「喔，正常啦。他摔倒撞到頭部，腦內出血，血流出來而已。」檢察官見怪不怪，語氣雲淡風輕。

檢察官的理論非常科學，高仁和接受他的解釋，平常心看待。

「好了，這邊沒我事了。我先走，你們處理。」檢察官相驗結束，將現場交給他們收尾，他得趕去辦其他案子。

葬儀社拿了運屍袋過來，將運屍袋打開，準備將屍體裝袋。

高仁和幫忙拉開運屍袋，好方便他們動作。

林家人站成半圈，在旁觀看，哭的哭，難過的難過。

場面肅穆。

然而，林國雲死前手腳大張，呈大字型，時間過得久，身體僵硬，手腳伸得筆直。

這下尷尬了。

裝不進去。

抬屍的三人一頓，一時之間不知如何是好。

為首的葬儀社社員有禮地向死者林國雲請示一聲：「林先生，歹勢，請你手放下。我們要送你一程。」

請示完畢，社員試圖壓下林國雲的手。

林國雲身體不動如山，完全扯不動，不論出多大力氣，就是收不攏。與其說是僵硬，他的手腳更像是被人強制拉開一般。

葬儀社社員試了幾次，發現他不動就是不動，果斷地讓其他人放下林國雲。

「先放下來。我看這樣不行，應該是有問題。」他一臉煩惱，思考該怎麼解決眼前的困境。

「難道說⋯⋯」林玉倩聽那位社員這麼說，突然欲言又止，開了話頭，卻臉色難看地打住。

高仁和離她近，聽見她的低語，詢問她：「有什麼問題嗎？」

林玉倩猶豫片刻，看向放在地上的大弟，深深嘆了口氣。當時她氣急敗壞，罵他只有天可以收他，現在人真的被天收了，她不免想到報應這兩個字。

他們原本盡可能避免提起林國雲踹別人家的墓碑跟在墓碑旁小解，做這種缺德的事，說出來也不好聽。而林國雲已經過世了，死者為大，不好再多責難。

如今看來，是林國雲的現世報。

她無計可施之下，說起林國雲與陳家人的爭執，以及之後他所做的事。

林國雲誇張的行徑，讓在場的人愣住幾秒鐘，不敢相信怎麼有人會做出如此大不敬的事。

葬儀社社員沉著臉，立刻說道：

「我看這不行，不能再動他，要叫師父來幫忙。」

語畢，他跟另一名社員，下山找墓地管理人，請個附近的道士師父過來一趟。

師父很快抵達，大致了解情況，聽到林國雲的所作所為也受不了，數落林家人：「夭壽骨，做這種事，你們幾個大人怎麼不阻止一下。」

林家人低下頭，不知該如何回答。

林國雲的性格差又凶惡，他們雖然是家人，卻也拿他沒辦法。

「我看你們給附近的墓主道個歉，看他們願不願意原諒。」

師父點香，趕緊帶著林家人，走向周圍幾家的墳墓，一家一家拜，最先拜的就是隔壁陳家墓。

「各位陳家的長輩，歹勢，打擾了。林家的林國雲做不對的事情，現在林家人在這裡，給各位長輩道歉。林國雲已經被天收了，請各位長輩大人不記小人過，讓林國雲屍體可以讓我們葬儀社的人送走。多謝。來，林家人拜。」師父讓林家人三拜，一個口令一個動作。

林家人配合，拜完陳家，接著拜其他家。

師父的說詞大同小異，一樣要林家人三拜。

神奇的是，就在林家人將周圍幾家的墓拜完，回來跟他們會合後，林國雲的手腳自己緩慢地放了下來，腳也自動放下，身體跟著變軟。

高仁和看著林國雲身體明顯的變化，對著其他人喊道：「他放下來了！」

「真的放下來了……」林玉倩也看見了，茫然地看著林國雲。

「來來來！」葬儀社社員過來。

各就各位，高仁和拉開運屍袋，其他人抬林國雲，順順利利將屍體裝進袋子裡，拉上拉鍊，放上擔架。葬儀社兩人抬著擔架，下山了。

事件到此落幕，他們警方也準備撤離。

許惠依抱著兒子痛哭，她的情緒崩潰過幾次，就屬這一次最激動。眼看林國雲的屍體裝進袋子裡，送上車，她才深刻感受她家的依靠沒了，她寡婦孤兒，未來不知道該如何是好。

林玉倩安撫她：「別哭了，日子總是要過下去。妳回去後，想想有沒有需要我們幫忙的。妳還有我們可以互相幫忙。」

林國樺一家無言相對。

高仁和對林國雲剛才身體變軟的畫面有些耿耿於懷。

他總覺得林國雲原本僵硬的身體，扯也扯不動，放也放不下來，彷彿被人從各方位抓住四肢不放。

而等林家人拜完周圍的墓，那股力量慢慢消失，林國雲的四肢才放下來。

他越想越覺得是這麼一回事，突然打了個冷顫。

「你幹嘛？會冷喔？」他同事看見他的舉動。

「沒啦，沒事。」

高仁和決定不要自己嚇自己了，加快腳步，頭也不回下山離開。

第四案

立峰戲院

韋年雄不是沒有反抗，但他的每一個反抗都會遭受少年手中利刃的攻擊，刀刀見血，他不敵少年無情的凶刀。他上身與臉滿是刀傷，數數恐怕有幾十刀，最嚴重的是畫在脖子的那一刀，最終血流過多致死。

高仁和剛當警察沒多久，從同仁口中得知一個非官方的好福利。他們警察去戲院，只要亮出警察服務證給電影院工作人員看，就可以直接進去，不須買票。

當時的S區一共有六家戲院，陽明戲院、民族戲院、立峰戲院、士林戲院、光華戲院和社子戲院，每家戲院都遵守這樣的潛規則。

他就像皇帝般，這禮拜寵幸這家戲院，明天臨幸那家戲院，六家戲院隨便挑，反正通通免費。

因此，高仁和放假有空就去蹭免費的電影。

一九八零年代末期的台灣，民眾的休閒娛樂不多，電影產業算是娛樂主力之一，年輕人放假沒事就愛去看個電影，打發時間。

戲院向來人來人往，人潮會帶來錢潮，周圍攤販的生意受到光顧，聚集得多，自然形成了商圈。

這天，高仁和輪休，決定翻立峰戲院的牌。

他一個人騎著摩托車來立峰戲院，不免俗地要光顧附近的攤商，買了最近剛從中部流行

到北部的香雞排。

香雞排炸得比較久，老闆跟他聊起天來，抱怨起最近生意慘淡。

「唉，最近戲院沒什麼生意，害我們也受到影響。」

「是不是沒排到什麼大片？」高仁和隨口回應。

「也不是，受歡迎的片也有放映，但不知道為什麼客人變少了。」老闆嘆口長氣，隨後推薦他買份花枝。

高仁和看他難過，自己不忍心就答應了。結果花枝比雞排貴了快一倍，老闆有夠黑。

他只好怒吃炸花枝。

人來到立峰戲院，看著排片白板上今天有放映的電影，白板上用紅字寫著影片名稱，藍字寫著場次，黑字寫時間。一共兩個放映廳，兩部不同的電影。

他原本擔心沒大片，意外發現有一部其他戲院都沒有放映的片子，心下一喜，就決定看這部了。

他確認好放映廳，走樓梯上二樓。每個廳各有一名收票小姐坐在台前，他向對方亮出警察服務證，追加一個猙獰的笑。

高仁和的長相和善，笑起來的模樣和家養的守宮很像，非常親人和悅。他學長不只一次嫌棄他的長相，太過善良的外貌，以後可能會鎮不住流氓。

畢竟他們警察的氣勢要比流氓還強，才壓得住那些歹徒。

他最近正努力練習警察的霸氣，笑也要帶著警察霸氣。

可惜他火候不夠，原本親善的外表硬是擰出一個狠勁，看起來面部猙獰，有點嚇人。

這人有病啊？

收票小姐回以尷尬又不失禮貌的微笑，要不是看他有警察服務證，差一點就要報警，她擺擺手讓他進到裡頭去。

高仁和進入廳內，正好趕上播國歌，他站在門邊猶豫一會，一般放國歌的時候必須全體起立，且不能隨便走動。他環顧廳內，現場客人並不多人，他便放大膽地走入，隨便找個喜歡的位置站著。

地板似乎有人打翻飲料，卻沒被好好清理，他每一步都能感受到那股黏膩感，他的鞋發出刺耳的聲響。

他找到一個不錯的位置，剛坐下來，他碰上座椅旁的扶手，竟然摸到一塊別人咬過的口香糖。

他像觸電一樣，縮回手，噁心到他直翻白眼。

公德心！

此地不宜久留，立刻換座位。

換到後兩排的位置，不知不覺他已經走到相當接近放映室的位置。

等黑白畫映的國歌播完，影片就開始。

電影彩色畫面放映，廳內又更加明亮些，高仁和藉機打量廳內的客人，竟然不超過十人。

香雞排的老闆說的沒錯，戲院的生意真夠慘淡。

不管了，不重要。

高仁和收回視線，將注意力放在電影跟他帶進來的食物上。

早期電影院裡頭可以抽菸，座椅旁的扶手還有設計煙灰缸的凹槽，並且也能吃外食。整個廳院散發一股濃到發苦的香菸味，高仁和感覺自己吃的不是香雞排，而是香菸雞排。

不僅如此，後排經常發出窸窸窣窣的說話聲音，還有人走路時放在口袋中的鑰匙與零錢發出的叮咚聲響。

他猛地回頭，想拿出他警察的王霸之氣，警告一下交談的人。

卻沒想到後頭連續兩排沒有半個人，更不用說有人走動。大概是放映師在放映室裡頭的聲音傳了出來，隔音太差。

他只好收回他的王霸之氣。

高仁和的觀影心情很差，電影演什麼他幾乎看不下去。

可是他來都來了，不看白不看。他努力讓自己平靜下心來，打算好好看電影，居然斷片了。

啪地畫面消失，院廳全暗，伸手不見五指。

「嘿！」高仁和抱怨大喊，舉起雙手。
幾分鐘的黑暗後，院廳開燈，廳內敞亮，放映師廣播宣布中場休息。
「呿！這都第幾次了！不看了！退票退票！」位於前排的客人不愉快起身，乾脆走人。
要不是高仁和看的是免費電影，他也想跟著喊退票。
一氣之下，害他有尿意了。
不知道放映師要處理多久，他起身往廁所走去。
陸陸續續有人離開或是上廁所，他坐在最後一排，所有觀眾的動向他都看在眼底。
剛進男廁的幾個人出來，輪到他進男廁。
男廁一股濃烈的阿摩尼亞味，其中還有一股常在豬肉舖能聞到的腥臭味。
這電影院到底有沒有清潔人員？他一邊疑惑一邊拉下拉鍊，解放自我。
他閒著沒事，對著牆壁擠眉弄眼，練習他警察的王霸之氣。
此時廁所沒人，他霸氣喊聲：「你被逮捕了！」
正氣凜然。

語畢，高仁和自我感覺良好，被自己帥翻，一個人對牆壁笑得開心。

實際上他才剛畢業不久，菜到發綠，逮捕犯人暫時輪不到他去做，除非有機運遇到現行犯。

他喊喊也爽。

倏地安靜的男廁竟然發出沖水聲，接著是類似人跌倒的碰撞聲響，彷彿是被他的話嚇到的心虛反應。

聲響從後頭的隔間傳來。

幹，該不會真的有歹徒吧！高仁和一驚。

偏偏在他放假的時候遇到，他身上什麼裝備都沒有，空有一身警察王霸之氣，而且尚未練成。

猶豫片刻，高仁和拉上拉鍊，小心翼翼地往隔間走去。

「有人嗎？」他對著隔間喊道。

男廁一共兩間隔間，他打開第一間的門板，空的，沒有人。

他接著往第二間走，心裡直打鼓。

要是真的是歹徒，門一開，直接抓手來一個擒拿，再膝蓋壓人，制住對方。學校教的綜合逮捕術，他分數一直都很高，社團參加退休警官開的擒拿社。他武術技巧不算低，面對一般歹徒應該有勝算。

他在腦中練習待會正面衝突後，該有的應對。

最慘就是遇到拿槍的，還敢亂開的吸毒犯。

「我勸你，最好乖乖配合警方！」高仁和虛張聲勢喊道，接著猛力開門，打算來個防不勝防。人是躲在一旁，沒有正面相對。

打開隔間後，正好馬桶沖水的水流結束，緊接著是一陣令人尷尬的靜默。

他快速探頭一看，第二間竟然是也空的。

啊？我內心的警槍都舉起了，居然什麼都沒有。

高仁和收起一身警察王霸之氣，恢復成普通人，剛才緊張得他心臟直跳。

搞半天烏龍一場。

「哈！」高仁和對空乾笑一聲，洗完手，泰然自若走出廁所，假裝甚麼事都沒發生過。

他看了看廳院，剩下的客人比剛才更少了，含他在內一共四個人。

一對巴不得身體纏成一體的情侶，一名散客，座位隔得老遠。

他沒回自己的座位，而是換到前排中間的位置，反正空位多，隨便他挑。

過了幾分鐘，電影終於恢復放映。

這次總算沒出大問題了。

當時的人們並沒有手機，要在一片黑暗中找人特別困難，因此有了一個分離小螢幕，專門用來放外找名單。

高仁和發現今天螢幕旁的外找名單特別多，王彥燦外找、韋年雄外找、李仰紹外找，三個名字跟接力賽一樣。

他看來看周遭，也沒有人看到名字後，起身往外走。

他想這個放映師是放錯名字了吧。

他們廳院裡頭一共四個人，一對情侶，一個男散客跟他，三男一女。而外找名單三個名字都是男性，其中沒有他高仁和的名字，肯定是搞錯放映廳了。

一定是電影太難看，讓他還有閒情逸致注意到這些無關緊要的小細節。

不行，放棄，他決定要在電影院睡一覺。

高仁和調整坐姿，頭往後靠，全身放鬆，閉上眼睛，迅速陷入睡眠。

隱約間他好像又聞到從後排傳來的香菸氣味，非常濃郁厚重的味道。

可惡，好難睡。

當天他值夜班，看完難熬且無趣的電影，他直接去分局報到。

「小高，你怎麼來得這麼早？」值午班的學長還沒下班，見高仁和已經來了，一臉意外，並且非常邪惡地收拾東西準備下班。菜鳥都來了，他老屁股當然要提早下班。

「唉，別提了，我剛去立峰戲院看電影，那部電影有夠難看，而且戲院的環境很差。我現在一身煙味，不知道是哪個牌子的菸，沒聞過這麼臭的煙。」高仁和邊抱怨邊拉起自己上衣的衣領聞了聞那股味道，一股難以言喻的煙苦味。他直搖頭：「難怪附近攤販說看電影的人變少了，他廁所壞掉也不修，放映師不會放片，還放錯外找名單，廳院的菸味特別重又難聞，排氣做得很不好。」
他連續數落好幾個不是，他感覺這家戲院再不改進，差不多該廢了。比如他自己就不太想再去立峰戲院看電影了。
「等等，你剛說你去哪間戲院？」學長跟他確認。
「立峰戲院。」高仁和重複。
「你……你……你怎麼敢去那間？」學長不敢相信高仁和竟然去立峰戲院看電影，他臉色變得嚴肅。
「為什麼不敢去？一樣都是戲院，立峰播的電影，陽明沒有播，光華也沒有播。」高仁和不明所以，傻呼呼地反駁。
「你不要去那間戲院，去年我在立峰戲院處理一個案子……」他語重心長地勸，接著娓娓道來，關於立峰戲院的案件，其中牽扯出三條人命。

去年某日，晚間十點左右。

立峰戲院播完今天的最後一場電影，客人陸陸續續散場，外宿的戲院員工與櫃台小姐提早下班，整個戲院只剩一名清潔人員六十一歲的王彥燦、一名放映師六十四歲的李仰紹，以及一名因為睡著而沒跟著離席的客人韋年雄。

韋年雄是電影院的老熟客，隔三差五來看晚間最後一場戲，電影演什麼不重要，因為他經常看到睡著。電影院的幽暗氣氛，對他而言似乎非常助眠。

韋年雄知道自己會睡著，所以他總是坐在後排，離放映室最近的位置。

久而久之，戲院的員工認識他，對韋年雄睡到散場結束，見怪不怪。有時會等到打烊，收拾好了，才去叫醒他。

今天和平常沒有什麼兩樣，韋年雄又睡著了。

放映師李仰紹在放映室裡收拾片子。

清潔人員王彥燦進來打掃環境，從最後一排開始打掃，不叫醒韋年雄，略過他所在的後排，往前一排一排清掃。

那時候民眾可以帶食物進來，食物包裝或沒吃完的東西就直接丟在座位底下，菸灰算是最好清理的，最難清理的就是口香糖。

王彥燦踩到口香糖，氣得飆髒話：

「又是口香糖！我每天清口香糖就飽了！去你媽的口香糖！早班的也不清，整個戲院的清潔人員，都丟給我清！王八蛋！」

韋年雄被他這聲破口大罵給喊醒，整個人抖了一下，迷迷茫茫睜開眼，看看四周。放映師將燈全打開，戲院內燈火通明，非常敞亮。

只剩他一個客人。

他發呆片刻，摸摸襯衫上的口袋，拿出菸來抽。他是老菸槍，基本菸不離手，醒來後腦子都還沒恢復運轉，第一件事就是抽菸，已經是本能。

他菸抽得凶，一般的香菸不能滿足他，他最近抽的都是味道更強烈的菸。

「你抽的是什麼菸，也給我抽一根。」李仰紹從放映室出來，他片子收拾好了。他得等王彥燦打掃完廁所，才能關燈。

一出來，聞到韋年雄的菸味，沒聞過這味道，立刻跟人討一根來抽。

韋年雄不藏私，立刻分他一根，還幫忙點火。

「這菸夠嗆啊！」李仰紹抽了一口，苦得舌根發麻，立刻不想抽了。

韋年雄哈哈大笑，接著說：「朋友幫我帶的舶來品，是精品，可貴了。」

「這我抽不了。」

「別浪費我的菸。」剛好韋年雄一根菸快抽完，將李仰紹的菸抽走，接著抽。

「你們抽完把菸灰收一收，別讓我掃第二遍。」王彥燦見他們抽菸，揚聲叮嚀一句。

「遵命！」韋年雄手指夾著菸，做個敬禮的姿勢。

王彥燦掃完排道，接著打掃廁所，帶著清掃工具，進了男廁。男廁一股濃烈的菸味跟阿摩尼亞氣味，地板上有沒對準小便斗露出來的尿液。

王彥燦用半濕拖把隨意拖個兩下，交差了事，明早早班的同事會再打掃一次。

小便斗區域清理完畢，緊接著要打掃隔間，一共就兩間隔間。第一間門大開，第二間的門關著。

他掃完第一間，走向第二間，他緩慢拉開門。

裡頭藏著一個人，對方戴著口罩，身高一百八十七，體格很好，穿著國中補校的深色外套，上頭還繡著學號。

他一見王彥燦，愣住半秒不到，而後反應過來，一刀子刺了過去，刀刃沒入王彥燦胸口。

王彥燦錯愕瞪大眼，還沒反應過來，一口氣哽在喉嚨發不出聲。

少年不停手，一不做二不休，抽出刀，血湧了出來，些許濺到他制服上。他不管，殺紅了眼，接著捅，一刀不死就兩刀，一連補了好幾刀，直到將人徹底殺死為止。

王彥燦死而不甘，瞪著少年，嚥下最後一口氣。

少年喘著大氣，他殺人了。

他躲在電影院的廁所，只是想要搶劫，但是一看見人來，他自己先嚇一跳，手的反應比他腦子還快，一刀就捅下去了。

等他緩和過來，人已經被他亂刀殺死。
當下，他還沒有悔意。
他想起他的目的。
錢。
少年不在乎王彥燦的員工制服滿是血液，翻找他的口袋，只撈到一百塊錢。
「媽的，才一百塊，根本不夠花！」少年一臉嫌棄，對著王彥燦的屍體踹一腳，洩憤。
少年憤恨地想，他得找別的目標。
他透過廁所門的圓形透明玻璃裝飾，悄悄探一眼外頭的情況，廳院裡還有兩個人。
韋年雄跟李仰紹留在後排，有一搭沒一搭聊著，談最近國內電影沒特別好看，香港的片子倒是有點意思，總之閒扯淡。
李仰紹注意王彥燦進了廁所以後，隔很久，還沒出來。
「他是打掃到摔進廁所坑裡嗎？掃這麼久！」李仰紹不耐煩，看看腕上手錶，快十點四十分。

「我去看看，順便上個廁所。」韋年雄起身，將菸滅在座位扶手上的煙灰槽，往下走。他剛抽完兩支菸，精神正好，腳步輕快，走路時身上的鑰匙叮叮咚咚的作響。人過來了。

少年聽著韋年雄靠近的聲音，握緊手中的刀，他站在門旁的洗手台前，準備故技重施，等人一進來，立刻動手。

單憑韋年雄那串鑰匙聲，他推測出距離。

韋年雄推開廁所門，看見少年，而不是王彥燦，發出疑惑聲：「咦？」

他還沒注意到少年手握凶刀，制服沾上血跡。

少年手一出，刀刃紮進韋年雄手臂。

「啊！」韋年雄慘叫一聲。

待在後排的李仰紹聽見聲響，往廁所的方向一看，只見韋年雄半個身體還站在外面，跟人扭打了起來。

李仰紹以為是王彥燦，因為這時候待在廁所的人，只有王彥燦。他急忙站起，大喊：

「王彥燦！你在幹嘛！別打了！別打了！」
他趕緊下階梯，準備去勸架。
奇怪，好端端的怎麼打起來了。
韋年雄不是沒有反抗，但他的每一個反抗都會遭受少年手中利刃的攻擊，刀刀見血，他不敵少年無情的凶刀。
他上身與臉滿是刀傷，數數恐怕有幾十刀，最嚴重的是畫在脖子的那一刀，最終血流過多致死。
李仰紹趕過來看的時候，韋年雄正好身體癱軟倒下。他一倒下，李仰紹才看到少年。
經過剛才一陣激戰，少年渾身是血，殺紅了雙眼，滿溢的殺意，這股嗜血的衝動是人與生俱來的凶性。現代人學得禮俗或法律，強制壓制住這股凶性，但它始終潛藏在本性之中。
他已經殺了兩個人，完全激發出凶性，眼前這一個，他也不打算放過。
少年不過十七歲，卻有一百八十七公分，加上氣勢驚人，他握著刀的手還在滴血。

一瞬間，李仰紹心下震懾。猶如被獵豹盯上的鹿，想逃，但雙腿不聽使喚。

他已經猜到自己的命運。

他會死。

李仰紹已經六十四歲，身體不如壯年時期，就算跑也跑不過少年。

少年撲上來的時候，他幾乎沒有反抗。

「求求你……不要殺我……」李仰紹腿軟跪下，嚇得他涕淚俱下。他舉起雙手，哀求少年。

然而，少年沒有理會他的懇求。

他一手揪著人衣領，一手握刀，反覆捅入李仰紹的身體。這次動手，比前兩次俐落。

當時他心裡還想，老傢伙真好解決。

將三個人殺畢，他有種完成大事的感覺，鬆了口氣，還笑了出來。

少年狂妄，他不覺得自己殺的是人，反倒覺得自己如同殺豬殺羊殺牛。

人要吃肉，所以殺豬羊牛，取肉吃；他要錢，所以殺人，取錢花用。

他再度回到男廁，搜尋他的戰利品。
韋年雄是個商人，手指戴著金戒指，脖子上有金項鍊，鑲鑽手錶，叫得出牌子的舶來品，他身上值錢的飾品不少。
然而少年不識貨，一心只認現金，他摸索到韋年雄的皮夾，立刻翻開，數數鈔票竟然有六千塊。
「哈！」少年笑了出來，彷彿他所做的一切有了相應的代價。
緊接著，翻找李仰紹的口袋，李仰紹錢包裡只有五百塊現鈔，跟一些零錢。
少年一塊錢也不落下，全塞進自己的口袋。他站起身，跨過李仰紹的屍體，頭也不回地離開。
他沒有走正門，怕會遇到路人或是還沒離開戲院的員工。他從逃生用的太平梯離開，心裡因為拿到自認為是大筆金錢而雀躍不已，以至於得意忘形。
一個腳步沒踩好，從二樓太平梯摔了下來，扭傷他的右腳。
「啊！」少年哀號一聲，連忙摀住嘴，前後左右查看，深怕被過路人發現。

他一拐一拐地走出巷子，還是與路人撞個正著。

當時夜深，對方一男一女是一對情侶，勾肩搭背親暱說話，沒注意到少年的模樣，女方發現他突然出現，客氣地和他說聲：「抱歉，借過一下。」

少年暗自緊張起來，他緩慢退了一步，將身影退回黑暗之中，禮讓他們先過。

情侶沒有多看他幾眼，有說有笑離開。

待他們走遠，少年一派鎮定，走出暗巷。

他和街上的行人沒有太大差別，一身血跡在黑暗中並不明顯，他拖著扭傷的右腳，很快融入人群之中。

高仁和聽到少年順利離開現場，忍不住打斷學長，詢問：「人就跑了？」

「跑了啊。」學長點頭，接著說：「隔天戲院早班的員工開店，才發現三人的屍體，通報到我當時的單位。哎，你不知道，那個少年下手有夠狠，三個人身上都好幾十刀。那個放映師六十四歲，可以當他阿公了，真虧他下得了手。」

「最後怎麼抓到人？」高仁和聽學長的敘述，知道這案件已經破了，但他很好奇辦案的過程。

「我們在附近找目擊者，正好遇到一位小姐，她說她那天和男朋友晚上經過的時候，有遇到一個人，時間點對得上，我們就請她回去畫肖像。之後檢方發通緝。因為他身高很高，有一百八十七公分，右腳還拐到，特徵很明顯，所以很快就抓到人了。凶手年紀很小，才十七歲，念國中補校。他看完最後一場電影後就躲在廁所，原本只是想要偷錢，但是後來遇到戲院的清潔人員，就動手了，見一個殺一個，連殺三個人。」

「他才十七歲？」高仁和重複。

十七歲，還未成年。

「沒錯，十七歲。為了錢，連殺三個人。諷刺的是，他就拿了六千六百多塊，其他值錢的名錶、金項鍊、金戒指都沒拿。抓到他的時候，錢也花光了，身上還穿著新買的T

恤。」學長氣憤地拍桌，連拍好幾下，說：「六千六百多塊，三條人命。」

太不值了。

令人唏嘘。

「是說，這麼駭人聽聞的事，怎麼沒有傳開來？我看周圍的攤販都不知情。」高仁和又問，他看香雞排店長就不知道有這件事。

「這件事其實新聞有報導，但篇幅不大，可能沒什麼人注意到吧。」學長又是搖頭，又是嘆長氣。

高仁和覺得奇怪，立峰戲院發生命案是一回事，犯人也抓到了，又不是懸案，怎麼學長會叫他不要去立峰戲院看電影。

「犯人都抓到了，戲院那裡還有什麼問題嗎？」高仁和問道。

學長直盯著高仁和，激動地說：「有問題，太有問題了。」

「什麼問題？」高仁和不理解。

「我問你，你剛說他廁所壞掉，是什麼情況？」

高仁和仔細回想：「我上廁所上到一半，突然聽見沖水聲，我本來以為有人在上廁所，結果過去一看，只是馬桶沖水壞掉而已。」

「你聽見沖水聲是不是第二間的隔間傳來的？」學長沉著臉，向他確認。

「咦？你怎麼知道？」高仁和意外，居然被學長猜到了。

「因為那個被殺的清潔人員就死在第二間隔間。」

高仁和呼吸一滯，停頓片刻，反駁他：「不是吧……」

「還有，你是不是一直聞到後排傳來的菸味，但那股香菸氣味卻是你從來沒有聞過的？味道特別重？」學長接著猜測。

高仁和猛點頭，又被學長猜中一件。

「其中一名死者是電影院的老顧客，平時就坐最後一排，他還是個老菸槍。死的時候，抽的菸是朋友從國外帶回來的菸，台灣沒有進口。」學長解釋。

「學長你別嚇我啊……」高仁和嚇得皮皮剉。

「不，我也是很崇尚科學的！如果可以，我比你更加不想提起這件事！」學長也會怕，他雙手抱緊自己，因為自己提起的話題，而嚇出一身雞皮疙瘩，他能跟誰說。

高仁和嚥下口水，他戰戰兢兢地向學長確認：

「學長，我問你，那三個受害者的名字是不是叫王彥燦、李仰紹、韋年雄？」

他都不知道自己哪來的膽說出這三個名字。

「對啊。王彥燦就是那個清潔人員，李仰紹是老放映師，韋年雄是戲院的老顧客。你……你怎麼會知道這三個名字？」學長介紹完這三人，停頓一會，害怕地詢問高仁和。

他有種不好的預感，突然很不想聽到答案。

「我看電影的時候，螢幕旁邊的外找名單，出現王彥燦、李仰紹、韋年雄的名字。當時我從廁所出來的時候，特地觀察過，整個廳包含我在內，只剩四個人，三男一女。名字出現的時候，我還想說是不是找錯廳了。看來應該不是……」高仁和想通了，他所在的廳恐怕就是出事的現場。

高仁和說完自己的奇遇後，他和學長一同沉默許久，一時間竟然不知道該說些什麼。

打破沉默的是座機電話，高仁和接起電話。

「我、我、我要下班了！」學長猛地站起身，慌張收拾，趕緊離開。

高仁和結束通話，心有餘悸。

從那天起，他再也不去光顧立峰戲院的生意。

後來戲院的生意始終沒有起色，最後面臨倒閉的命運，一間風光過的戲院，走入歷史。

第五案

老兵之死

檢察官來相驗，初步判斷，人死了一個禮拜左右，不確定是自然死亡或是喝酒死亡。現場有大量高粱酒空瓶，門是反鎖的，除了派出所破門，沒有其他外力侵入的痕跡，推測不是人為死亡。

一九四零年代後期，國民政府為了解決遷入台灣的軍民居住問題，開始興建房舍，安排住所，以軍種、職業、特性等，群聚於特定範圍，形成眷村文化。

本篇故事就發生在高仁和管轄區域中的軍民眷村——春夏新村。春夏新村，居民以退休的老兵為主，周老頭與張榮通便是其中之一。兩人都是七八十歲的年紀，老兵退休，安享晚年。他們還有一個共同的喜好，就是喜歡聚在一起喝酒，聊聊陳年往事。

一個住在村頭、一個住在村尾，但這點距離並不妨礙他們以酒會友。今天我到你家喝，明天你到我家喝，上門的負責帶酒，被拜訪的負責準備下酒菜。

周老頭的拿手菜是麻辣花生米，用辣椒花椒鹽炒花生米，又酥又香，還辣得夠嗆，特別來勁，再配上高粱，妙哉。

張榮通廚藝就沒這麼好了，他來台灣之後沒有再娶，收了一個兒子來養，小白眼狼養大了就跑，人也不在身邊。他孤家寡人過日子，吃食隨便了事，他最擅長的下酒菜就是煮毛豆。白開水煮，煮熟了，就直接吃，連把鹽都不撒。

多虧毛豆本身香，越咀嚼越有味道，不需要特別調味。
周老頭願意將就，最多嘴上偶爾嫌棄一兩句。
兩人約喝酒的頻率，一個禮拜兩次，固定在禮拜三跟禮拜五。
這天是禮拜四晚上，昨晚兩人在張榮通家喝酒，喝了整整兩瓶半的高粱，還把張榮通家裡的毛豆都吃光了。
今晚，張榮通又找上周老頭，從村頭走到村尾，約人喝酒。
「周老頭，來喝酒啊。」張榮通沒走進周老頭家，站在人門口，對裡頭的人喊道。
周家大門沒關，敞開著。周老頭正在客廳，坐在小凳子上，地上擺放一大片的花生，剝著花生殼，取出花生米，放到碗公裡。
他聽到張榮通的喊話，沒回頭，對張榮通說：「還喝？昨晚沒喝夠你？」
「沒喝夠，哪能夠呢。」張榮通笑說。
「行，你先進來，順便幫我剝花生殼。等我炒個花生米，再陪你喝個夠！」周老頭答應，一直背對著人。

門外的張榮通許久沒有吭聲，周老頭覺得奇怪，他回頭看了一眼，門外沒人，人走了。

「人呢？張榮通？」周老頭站起身，向外頭走去，邊喊張榮通的名字。

他站在門口，探頭左右看，向張榮通家的方向喊：「去哪了？不是要喝酒嗎？張榮通！」

沒看見影。

「怎麼了？吵吵嚷嚷的。」周太太聽見周老頭的喊聲，從房間裡頭出來，看著老伴站在門口，不知道在跟誰喊話。

「小張來找我喝酒，我讓他進來幫忙剝花生，人就跑了。」周老頭解釋，嘴上叨唸叨唸，倒是沒真的生氣。

「哎，你怎麼讓人剝花生。也沒剩多少，自己剝一剝不就好了。」周太太掃一眼地上尚未剝完花生，還真不多，她伸手向周老頭要手套：「行了，你去喝酒，剩下的我幫你弄一弄。」

「他家毛豆，昨晚都吃光了。」周老頭將手套脫下，遞給老伴，得寸進尺地暗示張榮通家裡沒有下酒菜。

周太太知道他的德行，白他一眼，說道：「拿家裡的豆乾過去唄！」

「好咧！」周老頭答應，準備下酒菜，將自家滷的豆乾裝入鐵製的便當盒，帶著便當盒前往張榮通家。

周老頭從村尾走到村頭，路上遇到鄰居，打聲招呼，大夥都知道他們又約喝酒了。

周老頭站在張家，喊張榮通開門：「小張開門！我來喝酒啦！」

喊了幾聲沒人回應，他拍門，依舊沒人理會。

許久，張榮通就是沒應門。

周老頭只好摸著鼻子回家去。

「我就說說，沒讓他真的剝花生，他竟然跟我氣上了！我人都到他家門口，他還不開門！脾氣夠大的！」周老頭回家後，氣憤不平地向老伴抱怨。

「哈！誰讓你要他剝花生！」周太太笑說，不同情他。就他從村尾走到村頭來回的時間，她將剩餘的花生剝完，準備收拾工具。她起身，將工作還給周老頭：「你收拾吧。」

周老頭摸摸鼻子，收拾善後。

禮拜五晚上的時候，周老頭又去找張榮通，帶著自家炒麻辣花生米，上門約喝酒，還想問問昨天的事。

結果他在張榮通家拍門喊話，老半天就是沒人理會。

周老頭走的時候，來了火氣。

「好啊！小張，不厚道啊，你就別來約我喝酒！」他氣憤回家。

隔了兩天，禮拜六晚上，周老頭待在客廳看電視，門戶大開，張榮通又來找他。

「周老頭，來喝酒啊。」張榮通站在門前，喊人喝酒。

「不喝！我前天跟昨天去你家，你怎麼不開門！現在又來約我喝酒！不喝！我自己喝！也不跟你喝！」周老頭氣道。老人任性起來，比小孩子更加幼稚。

「哎，一個人喝哪有兩個人喝來得有意思，來我家喝吧。」張榮通笑說。

「就在我家喝！再去你家，你又給我吃閉門羹！」周老頭不跟他走，氣得拍桌好幾下，非要他進自己家門。

偏偏張榮通不進門，就站在門口，笑著賠罪：「別氣了，你說這話，我也奇怪，我怎麼不知道你來我家找我了？」

「我在你家門口，快把門板拍碎，喊到沒聲！你不知道？」周老頭誇飾了，但不影響他表達自己的不滿。

「不知道啊。我那門板是鐵門，你拍不碎的。」張榮通一臉冤枉，不忘糾正他。

「我一雙鐵砂掌，我說拍得碎就拍得碎！」周老頭說著氣話，毫無道理可言。

「老伴，跟誰說話？」周太太剛在廚房收拾廚具，聽到周老頭的說話聲，探頭出來問道。

周老頭轉頭，回了一句：「小張找我喝酒了！」

他語氣裡帶著莫名的得意。

前兩次他去找張榮通都不了了之，只能摸摸鼻子回家，讓老伴看他笑話。

這下好了，張榮通自己又來找自己喝酒，他算是找回面子。

周老頭再回頭，一看，氣得他從藤椅站起身：「人呢！又跑了！」

張榮通又沒人影了。

「這張榮通太沒意思了！」周老頭指著外頭罵道。

「那你還喝酒嗎？」

「不喝！我再也不理他了！」周老頭氣憤不平。

周太太打個呵欠，揮揮手，說道：「不喝就早點睡吧。別吵吵嚷嚷的。」

周老頭鼻子出大氣，也睡不著，自己一個人在客廳待了好一會，等氣消了，才回臥室睡覺。

翌日一早，張榮通隔壁家的許太太出門買菜，回來時看見周老頭在眷村中央空地擺桌下棋泡茶。

她上前跟他交談幾句：「周伯伯，你最近有沒有見到張伯伯？」

「他又怎麼了？」周老頭現在聽到張榮通的名字就有氣，棋也不下了，讓給其他人接著下，好好回應許太太的話。

許太太憂心忡忡，說道：「我看張伯伯已經好幾天沒出家門，我懷疑是不是出事了。」

「不可能！」周老頭大擺手，堅持沒有的事，他說：「那個臭傢伙這幾天還找我喝酒，昨晚也來了。但我每次去找他，他都假裝不在！實在有夠可惡！」

「不是啊，我看他門窗都關著，好幾天了。而且房子裡也沒有動靜，我真的覺得不太對勁。」許太太說出自己最近幾天觀察到的現象。

平時他們眷村的人白天不怎麼關門，門戶大開，一方面讓空氣流通，一方面去去霉氣濕氣。

就算他大門不開，窗戶總是得開的吧。

一日三餐，開伙做飯，一定得開窗讓空氣流通，不可能一直悶著連窗都不開。

但是張榮通已經好幾天門窗緊閉，裡頭沒有動靜，肯定有問題。

張榮通歲數不小，七八十歲的年紀，實在很令人擔憂。

「我覺得張伯伯會不會出事了……」許太太大膽推測。

「胡說八道！」周老頭聽到自己好友會出事，直覺反應就是否認，聲音特大，像是吵架一樣，情緒跟著激動起來：「他不可能有事！他這幾天都來找我喝酒！精神好得很！妳別在那裡亂說話！」

「不是啊，我這是關心他，再說我這幾天去敲他家的門。他也沒有出來。不對勁啊。」許太太沒被他的氣勢嚇到，反倒是跟他吵了起來。

許太太就事論事，周老頭則是固執。

一個堅持張榮通可能出事，一個堅持張榮通沒出事。

一時間雙方吵得一發不可收拾，下棋泡茶的人見他們如此，紛紛散了。有人還報了警，請警方過來處理。

派出所的員警小陳與小李到場後，就問他們：「怎麼一回事？」

「住我家隔壁的張伯伯一個多禮拜都沒出來了，一定出問題了！」許太太解釋。

「不可能啦！他這幾天都到我家來，騙我好幾次！」周老頭反駁。

「他騙你什麼？」員警小陳細問。

「叫我去他家喝酒啊！我要去到他家喝酒的時候，他門鎖起來，不理我！他故意的，每次都這樣，兩三次了！」周老頭想起這件事就有氣，更加堅定張榮通沒事。

「他好幾天沒出來，一定有問題！」許太太也堅定，相信她女人的直覺。

「這……不然，我們還是去他家看看吧？」小李見兩方各持其詞，僵持不下，不如直接找上張伯伯家，讓本人現身說法。

兩位員警、許太太與周老頭三人來到張榮通的家，拍門喊話，都沒人回應。

許太太就說：「一定出事了。」

「不可能，他應該是睡過頭了！」周老頭不信。

小陳倒是比較傾向許太太的說詞，擔心起屋裡頭的人，他轉頭對兩位說：「情況特殊，我們可能得破門。請兩位讓讓。」

許太太與周老頭配合地退了一步，小李身材比較壯，由他進行撞門的動作。

老舊的門板扛不住猛力的破壞，門鎖很快鬆脫，順利打開來。

越過客廳，他們在臥室找到張榮通。人正躺在床上睡覺，正值暑假，天氣炎熱，只開個小電風扇吹著。

床是一張軍用單人床，靠著窗邊的牆。

他身上蓋著軍用白棉被，睡得很自然。

見狀，所有人鬆了一大口氣。

「看吧！我就跟妳講他沒有事！妳還說他出事了！」周老頭確認好友沒事，開心地對許太太說，語氣中有股自己都沒察覺的慶幸。

小陳上前，試圖喊醒張榮通：「張伯伯，你怎麼都不起來？大家都來看你了。」

臥室裡沒開燈，窗簾跟窗是拉上的，室內有些昏暗且沉悶，小陳順手將窗簾拉開，開啟窗戶，讓陽光照進來、空氣流通。接著，他搖晃張榮通的肩膀，搖了他兩下沒有反應。

當時的陽光一照，薰風吹拂，小陳將蓋在張榮通身上的棉被一掀開，那一瞬間，張榮通的肚子以肉眼可見的速度迅速撐脹，呈現青綠色。

啪，整個肚皮爆裂。

是的，爆炸了。

霎那，小陳腦海浮現一段樂章，貝多芬第九交響曲《歡樂頌》合唱部分。

那炸裂的內臟血肉噴到首當其衝的小陳整張臉跟一雙手。

氣味難聞到人神共憤。

那場面太過驚悚，嚇得人驚魂失色。

小陳腦海的歡樂頌還沒歌詠完，一旁的許太太彷彿女高音一般發出尖銳又刺耳的叫聲。

「啊——」

小陳極度緩慢地眨了眨眼，再緩慢睜開，他沒有放開手中的棉被，用另一隻手抹了一把自己血肉模糊的臉。他轉頭，面無表情地對同事小李說：

「通知偵查隊過來。」

小李猛點頭，趕緊聯繫偵查隊派人。

在場所有人只有小陳被噴到血肉與說不出是什麼、他也不想知道的東西，沒有人敢接近他，離得老遠，等待刑警接手處理。

周老頭沉著臉，不發一語，心裡非常不好受。

高仁和與同事趙豐雄抵達春夏新村，找到張榮通的住所，在張家大門前，和派出所的同仁碰頭。

「小陳，你怎麼一身怪味……」趙豐雄聞到一股難聞的氣味，敬而遠之。

小陳解釋來龍去脈，當他提到張榮通肚子爆炸，趙豐雄忍不住跟他確認。

「你說什麼？」

「肚子爆炸。」

儘管得到重複確認，趙豐雄仍然充滿困惑。

人體爆炸——這聽起來很不科學。

許太太跟周老頭是第一發現者，他們和警方待一塊，站在大門口。高仁和就地詢問他們相關細節，趙豐雄先進現場拍照。

沒多久葬儀社來了，是老熟人，冬瓜來了。

「東爺，你怎麼會來？」高仁和意外。

「你不知道嗎？你進去看過沒有？」冬瓜反問他。

「還沒有。」他光顧著搞清楚周老頭跟許太太的身分，還沒進到裡頭，只從派出所員警口中大約了解情況。

「走，一起進去看。」冬瓜擺頭，喊他一起進現場。

高仁和跟著他們葬儀社的人一起，進入張榮通的家。

越靠近臥室，氣味越是驚人。

太過嗆鼻的氣味，逼得高仁和忍不住頻頻作嘔。

冬瓜見狀，好心分他一只口罩，順便也給自己戴上。

高仁和戴上口罩後，依舊能聞到些許，但味道隔了一層沒有剛才強烈。

趙豐雄在裡頭拍照，已經拍得差不多了，邊拍邊忍住噁心感。見他們幾人都戴著口罩，他立刻要求也分他一個。

冬瓜已無口罩可分，但他葬儀社的搭檔還有，大方地分他一只。

因為是肚子爆炸，現場有炸開的痕跡，血肉噴在牆上，落在地上的部分也有少許。

死者張榮通睡得很安詳，只是身體破了個怵目驚心的大洞。

「這就是為什麼叫我來。」冬瓜面無表情地看著現況，算是解釋了高仁和的疑惑。

高仁和面有菜色。

「奇怪，為什麼人會爆炸。這不科學。」趙豐雄總算拍完照片，對他們說出自己的疑惑。

「哪裡不科學，喝酒會脹氣、吃豆類也會脹氣。你看，他喝這麼多酒、吃這麼多毛豆，再加上人死後開始腐化會有的化學反應……等等。總之死後體內堆積的氣體太多導致肚子爆炸，也不是不可能的事。當然，這只是我自己的推測。」冬瓜指了指臥室桌上的兩三瓶高粱酒空瓶，跟大量的毛豆殼，以科學的角度解釋人體爆炸的可能性。

「你這麼說也有道理。」趙豐雄接受他的說詞。

冬瓜繼續打量房間，俯身觀察張榮通屍體的情況，已經在思考該怎麼處理，盡可能地恢復他生前的狀態。

讓生者有尊嚴的離開，一直是他們葬儀社的宗旨。

「小高，你幫我多留意四周，有沒有噴出來的臟器可以撿回去。我怕我一雙眼睛看不過來，可能會有漏勾。」冬瓜仔細打量現場，怕有遺漏。

對高仁和來說，已經是極限了。

「我……我忍不住了！」高仁和待不下去了，說完這句話，拔腿離開現場，跑到外頭，匆匆找個水溝，吐個淅瀝嘩啦。

冬瓜嘖聲，直搖頭：「沒見過世面。」

趙豐雄也很想吐啊！聽到冬瓜這句話，不想他們刑警被葬儀社看不起，硬是忍住嘔吐的慾望。

而後，檢察官來相驗，初步判斷，人死了一個禮拜左右，不確定是自然死亡或是喝酒死亡。現場有大量高粱酒空瓶，門是反鎖的，除了派出所破門，沒有其他外力侵入的痕跡，推測不是人為死亡。

根據周老頭所述，禮拜三他和張榮通一起喝酒。當時確實喝了不少酒，現場的毛豆殼跟空酒瓶大概是他們當時吃喝留下的。

「其實我們平常也不喝這麼多，大約一瓶高粱就差不多了。但是那天他心情特別不好，我就陪他多喝了一點。」周老頭回想那天，心裡感慨。

「他為什麼心情不好？」高仁和細問。他吐完之後，被安排到外圍，怕他破壞現場。他只好轉向第一發現者周老頭和許太太做筆錄。

「唉，他有一個養子。你不知道那個養子有夠過分！把小張三十幾萬的養老金領光光。然後人跑沒影了。真是白眼狼！白養他長大！」周老頭罵道。

高仁和詳實記載，細細追問那位養子的姓名與下落，可惜周老頭也不知道那個白眼狼跑哪去了。

周老頭又氣又罵，偏偏一問三不知，沒問出其他有用的消息。

不久，檢察官結束相驗，準備離開。

周老頭從他們的談話，聽見檢察官推測張榮通的死亡期間，他拍拍高仁和的手，詢問：

「警官，你們沒有搞錯吧？他怎麼可能死了一個禮拜左右。」

他否定檢察官的推測。

「根據屍體的情況判斷，應該不會有錯。」高仁和回答，他相信檢察官的判斷，但也沒把話說死。

「可是他這幾天還有來我家，說要跟我喝酒。不可能死一個禮拜這麼久啊……我昨天還看到他了，真的！我沒騙你！」周老頭不信，明明這幾天還見到張榮通找他喝酒。會不會是你看錯了？高仁和心裡疑惑。

這句話他沒說出口，原因是他自己本身就有很多此類「看錯」的經驗，他既不能直說您老這是撞鬼了吧，也不好直接否定他的說詞，顯得武斷。

等檢察官一走，冬瓜和葬儀社的社員一塊處理張榮通的身體，能撿的盡量撿起，一併裝入運屍袋。

許太太已經回自己家了，周老頭還留在原地，目送他好友最後一程。眼看葬儀社的人將裹著張榮通的運屍袋，用擔架抬上車。從此天人永隔，再沒有一起快意酣觴的好朋友。

他忍不住老淚縱橫。

淚眼模糊間，他彷彿看見張榮通站在葬儀社的黑車旁，跟他揮手道別，臉上帶著和睡夢一樣祥和的表情，淺淺微笑著。

高仁和站在周老頭身旁，他隱約看見張榮通的人影，正揮手跟周老頭道別。他眨了眨眼，接著猛揉眼睛，再睜開眼，已經不見蹤影。

白天撞鬼有點少見，然而這場景感傷中又帶點溫馨，一點也不恐怖。

高仁和再看向淚流滿面的周老頭，也算是見證這兩位老人家難能可貴的友誼。

沒過多久，周老頭的太太得知消息，從村尾趕了過來，她沒說什麼，安靜地牽起周老頭的手，兩人一道回家。

第六案

風乾的紋身皮

她仰頭一看，突然注意到小貓咪後頭有個黑影晃蕩，她視線越過小貓咪，往黑影的方向望去。在他們斜上方，另外一顆更高聳的相思樹上，一條紅色繩索，吊著一具男性屍體，上身赤裸，下身僅穿一件紅色短褲，屍體隨著風吹，悠悠晃蕩搖擺著。

農曆七月半，正值鬼節，順應風俗，家家戶戶普渡拜拜。

鬼節的禁忌多，人們大多抱持敬鬼神的心態，減少夜晚的出遊。

這段期間，任何的風吹草動，都可能會讓人們聯想到好兄弟作祟。

深夜，在W區的某個高級住宅區，突然傳出狗群的咆嘯狂吠，吠聲又長又淒厲，久久不停。

吹狗螺在民間有個說法，通常是狗兒們看見或是聽見什麼我們普通人所無法感知的事物，因而發出的警訊聲。

這一聲又一聲，連綿不絕的狗吠聲，聽得住戶人心慌慌，時間又長，嚴重影響睡眠。

民眾紛紛撥打110消防隊，或是報警，甚至打到捕狗大隊的服務單位。

由於是深夜，捕狗大隊隔天才能派人抓狗。打給消防隊完全是搞錯單位。最後是派出所的員警先行查看。

派出所員警到場，狗群的狂吠聲已經停歇。

他們巡查一圈，沒看到半隻狗，最後不了了之。

那高級住宅區的旁邊就是產業道路，產路道路一路往山上去。

他們想，這些狗可能夜晚群聚，而後又躲到山裡了。

隔天一早，輪到捕狗大隊出動，搜尋狗群。

他們巡視整條產業道路，沒找到半隻狗，中午就收隊回去了。

當天晚上，一樣是深夜，一樣是悽悽慘慘戚戚的群狗亂吠，一聲高過一聲的吹狗螺。

這次長吠兩個鐘頭，民眾受不了，再度打到警察局。

「警察大人，拜託幫幫忙，趕快把那個狗，看是怎樣，快點想辦法抓走。兩個小時沒停的，我明天一大早還要上班，沒辦法睡覺！」

警察也沒有辦法，只能先安撫民眾心情。

等第二天一早，再請捕狗大隊幫忙，他們出動一台車，兩人搭檔一男一女，巡視高級住宅區與旁邊的產業道路。

「已經逛兩趟了，連個狗影都沒看到。」捕狗大隊負責開車的老劉對他的搭檔小唐抱怨。

她仰頭一看，突然注意到小貓咪後頭有個黑影晃蕩，她視線越過小貓咪，往黑影的方向望去。

在他們斜上方，另外一顆更高聳的相思樹上，一條紅色繩索，吊著一具男性屍體，上身赤裸，下身僅穿一件紅色短褲，屍體隨著風吹，悠悠晃蕩搖擺著。

我靠。小唐在內心罵髒話，她嚇傻了。

貓不能動了，維持現場情況，她對停在路邊的老劉大喊：「出事了！快點報警！」

「啊？」老劉沒反應過來。

「有人吊死在樹上！快點叫警察來！」她高聲解釋。

出人命了！

老劉嚇了一跳，連忙回神，拿出手機聯繫警察。

派出所的員警先到場，給現場拉上封鎖線，連同掛著小貓的樹一道圍在裡面。

嚴格說來，這是兩起命案。

刑事組的人稍晚一步到場，緊接著葬儀社的人也來了，而後是檢察官跟法醫，人陸陸續續抵達。

在這條不算寬敞的產業道路，瞬間停滿各車，捕狗大隊的車、警用摩托車一輛、警用汽車一台、檢察官的勘驗車一輛、葬儀社的箱型車一輛。

葬儀社的箱型車體積大，最容易造成交通問題，因此留下一人負責顧車。

等檢察官跟法醫來的期間，高仁和負責拍現場照片，他的同事負責詢問第一發現者小唐。根據她的說詞，她是準備卸下小貓的時候，無意間看到在後方飄盪的男性死者。

高仁和抬頭望向男屍，對方身形細瘦，打著赤膊，僅穿一件紅色短褲，皮膚顏色有些蠟黃，那種蠟黃如同臘肉般，看起來又黃又光滑，屍體保持完整，沒有腐爛的跡象。

一具風乾的屍體。

由於現場沒有遺書，沒辦法判斷是自殺或是加工自殺，如果是後者就是刑事案件。

他們警方在檢察官來之前，不能動現場，盡量維持原狀。

什麼都不能做的當下，他們一大夥人就只能看著一顆樹掛著一隻半身都腐爛掉的小貓咪跟另一顆樹吊著完好無缺的男屍，兩具屍體隨風晃盪晃盪。

兩具屍體距離如此相近，卻是完全不同的樣貌，形成強烈的反差。

明明七月半，正值酷暑，卻莫名地覺得風吹得有點涼。

檢察官與法醫姍姍來遲，他們從高仁和口中得知情況後，準備將人從樹上，移下來相驗。

「來吧。我上去剪繩子，你們扶好。」檢察官向捕狗大隊的小唐借了剪刀，接著爬上相思樹。

關於剪上吊自殺的繩子這點，可是有大學問。殯葬人員認為繩子上沾有往生者的怨念，所以繩子得解開，解開怨念，不能使用刀具剪開。

然而，在刑事鑑定上，為了保留證物的完整性，他們就需要用剪的。

因此，幫上吊的人剪繩子的動作，必須得由檢察官去做，主要是他得判斷這繩子是自己綁的（自殺），還是別人綁的（加工自殺）。

這時他們警方才能開始動作。

高仁和的同事見檢察官爬樹上去，要卸屍體下來。眼看高仁和有負責拍現場照片的工作，自己可能得去做扶屍體的活。這七月半的禁忌多，近距離接觸屍體，他怕沾到鬼氣，突然自告奮勇說：「我！我來拍照！」

語畢，他立刻搶走高仁和的相機，把工作換回來。

「啊？」高仁和錯愕。

「拜託啦！我家裡有人剛懷孕，我想避免接觸到屍體，免得沾到不乾淨的。」同事說出自己的苦衷。

「喔，沒關係。我來。」高仁和不介意，接下了幫忙扶屍體的活。

高仁和負責穩住屍體的腳，避免繩子一解，屍體直接摔落在地。他用童軍繩綁好死者的雙腳，避免散開，接著雙手虛抱。

一名葬儀社社員也過來幫忙，他扶穩死者上身，避免歪斜。

「你有沒有聞到一股香香的味道。」葬儀社社員問抱腿的高仁和，男屍打赤膊，風乾的肉體氣味非常濃郁。

「呃……」高仁和面對男屍小腿的位置，他確實聞到了，但是他不想回應對方。

「有種臘肉味。」葬儀社社員描述。

檢察官爬上去後，觀察繩子一會，紅色麻繩，確認是自己綁上去的。他對底下的人提醒一句：「要剪了。注意點。」

「好，來！」高仁和回應。

檢察官剪斷繩子的瞬間，男屍因為地心引力而墜落下來。

高仁和下意識地一抱，男屍的皮啪地一聲，像是烤鴨的皮，清脆地裂開來，那一瞬間的氣味也跟脆皮烤鴨很像。

高仁和嚥下口水。

可惡，一定是葬儀社社員的話影響他。

他和葬儀社社員兩人，小心將男屍攤在地上，讓他同事拍照。

男屍由於長期曝曬，經過風乾脫水，已經分不清楚長相，雙眼嚴重凹陷，就像一個木乃伊。

他喉嚨的地方，舌頭微微吐出。正常來說，舌頭應該會腐爛，但他舌頭吐出大約0.5到1

公分左右，一樣沒有腐爛。
他手臂上有一個刺青的圖騰。
高仁和給男屍翻身，讓同事照背部相片。
男屍的背部也有一個刺青，是一隻老虎轉頭瞪人的圖樣，原本應該凶惡的圖騰卻因為風乾的關係，老虎變得像貓咪。
偏偏就在他上吊的樹前，掛著一隻小貓。
不知道兩者有沒有關聯，巧合或是故意，先有人還是先有貓。
高仁和看向前一棵樹上的虎斑貓，貓屍腐爛得厲害。
男屍全身上下只有一條紅色短褲，短褲沒有口袋，沒有任何證件，樹前的地上有一件POLO衫，外觀無法辨認。
等檢察官相驗結束，警方拍完照片，葬儀社社員拿出運屍袋，將屍體裝入袋中，暫時以無名屍送到第二殯儀館。
檢察官工作結束便離開，高仁和幫葬儀社社員把屍體運送到他們的廂型車中。離開前，他碰巧聽見那名葬儀社社員對車裡的同伴問話。

「對了，你等一下想吃什麼？我有點想吃港式燒臘，突然很想吃烤鴨便當。」葬儀社社員大概是受到風乾屍體氣味的影響，決定好他今晚的晚餐。

路過的高仁和正巧聽到他說這句話，打從心裡佩服那位葬儀社社員。別人聞到這味道是不敢再吃烤鴨，他卻是湧起想吃烤鴨的慾望。強悍的精神力。

高仁和帶著同事拍攝現場的相機，送到照相館沖洗照片。然後他可以直接午休，這是同事出於彌補的心態特地給的福利。

他算著時間，等午休結束，回照相館取照片。

回警局，他開始給這次的事件建檔，照片分正面側面全身照，現場遠景與近景，或是放大特寫的幾張照片，依序整理。

整理好的檔案，一方面要送地檢署，一方面要準備公告無名屍，請人認領。

高仁和將沖洗好的照片散放在桌上，正準備悠悠哉哉地貼照片的時候，他們警局旁邊派出所的同仁跑過找他。

「學長，我管區裡面有一個人失蹤五六天了，我昨天作夢夢到他在山上向我招手。你說，他會不會是出事了？」派出所的小學弟直接在高仁和位置旁邊的椅子坐下來，一副我是來諮詢的架勢。

「呃……你跟我說這個有什麼用。」高仁和疑惑，不知為何小學弟要找上自己。

「可是學長，我聽說你很有這方面的經驗。」小學弟神秘兮兮地說：「我們單位的人都知道你經常撞見那個……好兄弟。」

「沒有啦！你不要亂說！」高仁和矢口否認。

「那怎麼辦，我人生第一次被人託夢，我現在也不知道要找誰商量。」小學弟不知道該如何是好。

高仁和本來不該管的，但是看他六神無主的模樣，鬼使神差問了下去：「那個人叫什麼名字？」

「叫鄭中夫。」

高仁和將名字在腦海中過一輪，近期接手的案件沒有一個符合。他不以為然地建議：

「不然你先讓家屬寫行蹤不明，該報案就報案，該受理就受理。」

語畢，他繼續貼現場的照片，手上貼的是男屍的正面照片，因為風乾的關係，皮緊貼著骨頭，就是一個骷髏頭的模樣，辨認不出五官。

小學弟茫然看著他的動作，瞄到桌上散放的照片，其中有男屍背部的老虎紋身。他猛地驚呼：「這個紋身！跟我管區那個失蹤的人很像！他背部也是一個老虎紋身！」

「不是吧？這你也認得出來。」高仁和意外。因為屍體風乾的關係，老虎都變成小貓咪了，這他都能認出來。

「但人沒有這麼瘦，那個鄭中夫他比較胖。」小學弟疑惑，又覺得可能不是。

「我看你還是先把那個人的資料整理整理……」高仁和話未說完，小學弟自己動手翻看桌上的其他照片。

他沒在第一時間阻止，而是任由他看。

直到小學弟翻到男屍手臂的照片，他手臂上還有一個圖騰刺青。他高喊：

「就是他！這個背部的老虎刺青跟手臂的圖騰紋身，跟鄭中夫一樣！」

「你確定嗎？不然通知他家屬過來一趟。」高仁和提議。

「好好！我不會看錯的，就是他。我現在就去通知他們！」小學弟激動，馬上就去找家屬過來。

來去一陣風。

高仁和佩服小學弟的行動力，他繼續黏貼照片。

他邊黏邊回想剛才他跟小學弟的對話，小學弟說他夢到鄭中夫站在山上跟他招手，然後他們發現這個男屍的地點正巧在山坡，越想越令人發毛。

後來，家屬到第二殯儀館認領這具無名屍，證實了這具男屍確實是鄭中夫沒錯。

據他太太的說法，鄭中夫以前是地方的小角頭，很小的角色，一般廟宇需要人手時會請他幫忙，廟方給的紅包是他唯一的收入來源。他沒有穩定的工作，又愛喝酒賭博，也不顧家。

他太太一氣之下，帶著兩個兒子離家出走了。

鄭中夫大概是覺得了無生趣，自己一個人爬山，用紅繩子把自己綁在山上自縊。
死前沒有留下任何遺書，什麼都沒有留下，一走了之。
如同他那被風乾的紋身，曾經凶惡的猛虎，如今只是皺巴巴的小貓咪。
不勝唏噓。

第七案

恩將仇報

他怕得要死，但是他爸中了兩槍，眼看血流如注，隨時可能會死。他不得不跪求洪振揚放過他們。洪振揚已經被呂群雲惹毛，這脾氣發起來，誰也擋不住。他兩手持槍，冷眼掃視他們，把槍頭瞄準人，慢步走向鐵門的開關，將鐵門放下……

那天，高仁和和他的同事陳大山趁午休時間，在外頭的自助餐用餐。自助餐配備一台電視機，供客人觀看，台灣人習慣吃飯配新聞，按照慣例，電視台正播放午間新聞。美女主播正報導今日大事，其中一件就是轟動一時的H市EM鄉槍擊案三審定讞，犯人洪振揚判決死刑。

因為此案與高仁和無關，所以當他聽到這則新聞時，並沒有抱持太多想法。

他背對著電視機，吃著自己的滷雞腿，吃得津津有味。

坐高仁和對面的陳大山就不一樣了，他抬頭盯著電視機，直到一則新聞報導完畢，他才收回視線，對高仁和說：「這件案子是我辦的。」

「啊？」高仁和猛地抬頭，筷子上的雞腿都夾掉了。他一臉錯愕地望著陳大山。

「我辦的。這件案子當初破得很玄。」陳大山回憶起辦案的過程，像是說書人終於找到聽眾一般，他開始向高仁和娓娓道來洪振揚的故事。

洪振揚綽號阿俊，有妨害名譽、妨害性自主、賭博等前科，本來是木工營造的工頭，後來被抓去關，關好幾年出獄，正處於叫天天不應，叫地地不靈的狀態。

家裡沒有一個人願意搭理他，他走投無路之下，只好一個又一個的找以前有過交情的朋友，然後一次次被拒絕。

皇天不負苦心人，他總算遇到一個願意收容他的朋友，在山區經營果園的呂群雲，呂氏夫婦認識他，看他有改過的誠意，正好果園缺人手，便好心收容他。

「俊仔，出來了，不容易。你就在我們果園幫忙，吃穿不用愁。」呂群雲收留他，願意提供他食衣住行。

「謝謝，沒有你們，我真不知道該怎麼辦才好。」洪振揚感激不已，他握著呂群雲的手，再三道謝。

這一刻的感激是真的。

「哎，大家熟識一場，客氣什麼！」呂妻笑說，招待他暫時在家裡住下。

「傻仔，你是在鬧什麼？」呂群雲升上鐵門，讓他進門再說。

「我今天要跟你們把錢算清楚，為什麼我分到的錢這麼少！」洪振揚怒道，跟他理論。

「啊？你是分到多少？」呂群雲沒搞清楚狀況。

「你會不知道？」

「我不知道啊。錢都是我老婆在管的。所以你是拿到多少？」

「你叫你老婆出來！我要跟她把錢談清楚！」洪振揚不跟他談，非要找他老婆算帳。

「我老婆出差，現在不在家。」

「她什麼時候回來？」

「這……我也不太清楚。」

「那我就在這裡待到她回來！」洪振揚一屁股坐到皮製沙發上，決定不走了，堅持等到他老婆回家。

「哎，你別這樣，我們有話好說。我老婆到底分給你多少，怎麼虧待你了？」呂群雲試著跟他談，了解他的怒火所在。

洪振揚被他問得心煩，就回答他：「你老婆只給我三百萬。」

「三百萬？那蠻多的啊。」呂群雲聽到三百萬，就覺得當初洪振揚只投了一百五十萬，他老婆分三百萬給他，也是有賺，並沒有虧。

「我為了這個度假小木屋，忙上忙下。你不要以為我不知道，你們賺了一千多萬，三百萬只是零頭，錢都你們拿走了！」洪振揚氣得拍桌。

「三百萬也不算少了。當初你剛放出來的時候，我們家這麼幫你，你差不多夠了，不要這樣。」呂群雲勸道，希望他不要鬧得太難看。

「我不管！等你老婆回來談！」洪振揚固執不聽，他堅決不讓步。

奇怪，他付出這麼多，憑什麼一句差不多夠了，就準備輕描淡寫帶過。沒門！

呂群雲見他如此頑固，不想傷彼此的和氣，便讓他留下來過夜。

隔天一早，呂軒忠開啟鐵捲門，回到呂家，意外在客廳看見洪振揚，他意外地問：

「叔叔，你怎麼在我們這裡？」

「你家吃我的錢！」洪振揚直白回答，對呂軒忠也有怨，瞪向他，眼神滿是殺氣。

「你怎麼這麼說？我家怎麼吃你錢了？」呂軒忠被這樣指控，心裡不爽，反嗆回去。

「你家就是吃我錢！我幫你們家這麼多！你們家不顧情面，黑走我的錢！自己吃大頭！」洪振揚罵道。

兩人一言不合，立馬打了起來，吵得不可開交。

鐵捲門開著，聲音從呂家傳了出去，住附近的鄰居陳致銘聽見聲響，過來幫忙拉架。

「別吵了、別吵了，你們有話好好說，不行嗎？」陳致銘拉著呂軒忠，遠離洪振揚，阻止他們再打起來。

呂群雲聽見他們吵架聲響，也從樓上下來，他在混亂中打電話給110。

偏偏在陳致銘拉開人後，110的人才問他發生什麼事。

停架的空檔，雙雙安靜下來。

此時，所有人都能清晰地聽見呂群雲說話：「快一點，現在有人來我這裡亂！」

「幹！你還敢報警！」洪振揚整個人抓狂了，他為呂家做牛做馬，只想討回自己應得的，呂群雲竟然敢報警。他回頭，拿出自己的槍，對準呂群雲，碰的一聲，就是一槍。

子彈打進呂群雲的肚子，他腳一軟，人倒了下去。

一槍還不夠，洪振揚再補第二槍。

見狀，呂軒忠頓時跪了下來，懇求洪振揚：「叔叔你不要再開槍了，你快讓我爸送醫院。」

他滿臉驚恐，萬萬沒想到洪振揚會有槍，而他竟然對他爸開槍。

他怕得要死，但是他爸中了兩槍，眼看血流如注，隨時可能會死。他不得不跪求洪振揚放過他們。

洪振揚已經被呂群雲惹毛，這脾氣發起來，誰也擋不住。他兩手持槍，冷眼掃視他們，把槍頭瞄準人，慢步走向鐵門的開關，將鐵門放下。鐵門原本只開一半，很快就全部放下來。

門緩慢落下，將戶外照進的陽光阻隔在外，如同斷了他們最後的希望。

門一關，所有人都被關在裡頭。

期間，洪振揚沒有多說一句話，心中已經有了決斷。

「叔叔，不要這樣，我拜託你……」呂軒忠查覺到他的意圖，哭了出來，向他求饒。

洪振揚沒有猶豫，他持槍對準呂軒忠。

不料，呂軒忠竟然抓起一旁的陳致銘，用他來擋身。

「別開槍！跟我沒關係！不要殺我！求求你不要殺我！」陳致銘嚇壞了，他只是過來勸架，沒想到會捲入其中。

陳致銘掙扎得厲害，辱罵呂軒忠：「你放開我！你放開我！你會害死我！」

「我也沒辦法……」呂軒忠心知肚明，卻不敢放手，拿他當肉盾。

陳致銘奮力扭動身體，試圖掙脫。呂軒忠死抓著他，躲在他背後。

一陣混亂中，洪振揚眼也不眨，對著他們連開好幾槍。

陳致銘身體中了三槍，呂軒忠中兩槍，兩人中槍後一同倒在地上。

陳致銘當場死亡，而呂軒忠尚有意識。

他被陳致銘的屍體壓著，卻還試圖往別處逃，垂死掙扎，奮力爬行。

洪振揚盯著他看，看他爬了一小段路，蹲下身，將槍頭抵在呂軒忠腦袋。

「不……不要……不要……求求你……求求你……不要……」呂軒忠痛哭流涕，哭著求饒。

洪振揚告訴他：「我說你們家吃人夠夠，你也不聽。你們不是很厲害？現在叫我放了你，我幹嘛要聽？」

「不要不要……我給你錢……都給你……你要多少都給你……」呂軒忠哭求，悔不當初。

「不用，我現在不要了。」洪振揚駁回。

語畢，他對呂軒忠補開一槍。

警方抵達現場的時候，洪振揚已經離開，呂軒忠與陳致銘已經死亡，而最先中兩槍的呂群雲尚有一絲氣息。

他向警方說了兩個詞：「俊仔……洪……」

然而，沒能完整訊息，人就斷氣了。

呂太太得到警方的通知，立刻趕回家中，她怎樣也想不到她不過出差一趟，回家等待她

應該是一件非常重要、不可能忘記的大事。

「爸，快點講正事。」呂軒忠催促他爸趕緊切入正題。

呂群雲嘆口氣，跟老婆交代：「老婆，妳要把我們家的屋頂打破，整個都要拆掉。因為我們三個人被屋頂困住，沒辦法出去報案跟尋仇。」

「尋什麼仇？你們不是都好好的嗎？你們都好好的，不就好了嗎？」呂太太不明白他在說些什麼。

「不是啦，媽！我們要出去，妳不拆屋頂，我們不能出去啊！」呂軒忠幫忙解釋。

「啊你幹嘛不從大門出去？」呂太太奇怪，家裡明明有門，為什麼要從屋頂出去。

「門被關起來了啊！」呂軒忠說道。

「被誰關起來？你自己不會打開喔？」呂太太不理解。

呂群雲說話了，聲音特別低沉。明明聽見他的聲音，呂太太卻沒有看到他動嘴巴，他的聲音像是直接傳入她的腦海。他說了一個人名。

「洪振揚。」

呂太太猛地驚醒，她整個人嚇壞了。
深夜，家裡的電話又響起，她甚至不敢接聽。
一個人待在自家床上，抱著身體痛哭失聲。
翌日，她搭乘客運，從H市來到C市，投靠她親妹妹，呂家她暫時不敢回去了。
她跟她妹講了昨天晚上的夢境跟遭遇，她妹妹立刻帶她去廟裡向師父諮詢。
「師父，我最近夢到我先生小孩來託夢，叫我把屋頂拆掉，整個重蓋，到底是什麼情形？」呂太太問。
師父建議她：「不然把這三個人調出來問問看。」
「好好，麻煩你了。」呂太太答應。
師父問了呂太太的先生孩子的生辰八字，他們居住的地址，準備器具後，開始做法。
師父請示幾次沒有反映，時間過了很久，正當呂太太放棄之時，師父開始口氣一變，彷彿呂群雲在跟她對話一般。
「我不是叫妳把屋頂拆掉，妳怎麼還沒拆？」他說。

呂太太不明白：「你要我把屋頂拆掉是要幹嘛？」

「我們三個人被困在裡面，魂都在這裡，沒辦法出去替自己申冤。」他說完這句，師父就清醒了。

這前後不過幾句話的功夫，很快就結束。

「現在該怎麼辦？」呂太太六神無主，只能問師父。

師父抹一把臉上出的汗水，他之前也沒遇過這樣的情況，他建議：「我看，妳不如照他說的做。」

「好。」呂太太點頭，雖然拆屋頂是大工程，但既然呂群雲要求，她寧可信其有。

她下定決心，很快就去聯繫木工師傅，定好時間，請對方來拆屋頂，重新裝潢。

呂太太決定將呂家屋頂拆開的隔天，陳大山在警局裡接到一通電話，通報有人看到洪振揚現在躲在他哥哥家。

整整一年兩個月的查無所獲，如同撥雲見日一般，在屋頂拆掉的隔天，警方總算得到洪振揚的消息。

陳大山跟同事立刻前往通報的地點。

洪振揚的哥哥家是一棟透天厝，坐落在偏遠地帶，四周都是空地。建築突兀地聳立，視野一覽無遺，導致他們警方沒辦法監控。

隔得老遠有一戶人家，建了鴿舍，養一群鴿子。警民合作，陳大山躲在鴿舍，跟監三個月，看著房子裡的人出出入入。

他注意到真的有疑似洪振揚的人，但人一直待在屋裡，很少出來活動。

八月六號，這天呂太太跟木工師傅約好拆屋頂，事前合過日子，適合動工。

木工師傅拆掉屋頂的時候，有一陣怪風揚起，但很快平息。

八月七號，警察決定攻堅。

警方一大夥人攻進屋內，屋中只有洪振揚一個人在家，他當時在睡午覺，聽見破門的聲響，他立刻驚醒過來。

他急忙下床，不知怎地跌了一跤，正面摔倒在地上。

陳大山在臥室找到洪振揚，他的雙手雙腳貼著地板，一動不動。

「洪振揚，我以殺人罪嫌逮捕你，你可以保持緘默權，也可以請律師代為陳述。」陳大山不費吹灰之力將人制伏，戴上手銬。

過程出乎意外的輕鬆，讓陳大山忍不住多問一句：「你知道我們要來抓你，你為什麼還在這裡不動？」

「我也不知道，我的手跟腳不能動，我感覺好像被人拉住了。」洪振揚一臉驚悚。

陳大山的同事在他床鋪的枕頭下找到兩把上膛的槍，他們一陣慶幸，幸好沒引起槍戰。

陳大山說完這段經歷，特別提到呂太太拆屋頂的事：「你說巧不巧，她剛決定拆屋頂，隔天我們警方就收到通報。呂家屋頂一拆，隔天我們順利攻堅，那個洪振揚還說被人拉住手腳動不了。」

「你的意思是……那三名被害人的鬼魂，真的從呂家跑出來，幫助警方抓住洪振揚？」

高仁和小心地確認。

「可能是，也可能不是。」陳大山聳肩，他自己半信半疑，不信多一點，他感慨：「這種事你聽聽就好，如果每件案子都能這麼輕鬆破案，還要我們警察做什麼。大家都去通靈就好啦！」

「不過，也沒有不好吧？簡直有如神助。我個人覺得寧可信其有。」高仁和這些年來處理一些案子，遇過、聽過的靈異事件不少，他或多或少是相信鬼神的存在。

「對啦。反正被害人活著的時候願意協助我們警方，死後要是也願意協助警方破案，也是美事一樁。」陳大山點頭，不否認他。

「呃……我不是這個意思，但你說的也對。」高仁和無從反駁，被陳大山說的好像被害人生前死後都是一樣的性質，跟他是人是鬼沒有太大關係。

雖然仔細想想，確實是同一性質沒錯。

「妖魔鬼怪不重要，重要的是能將壞人繩之於法。你看他判決下來了，死刑定讞。受害者的冤魂也能瞑目了。」陳大山做個總結，終於能好好吃飯。

在他說故事的期間，高仁和飯都吃完了。
陳大山才剛要吃第一口飯。

第八案

無味的屍體

高仁和盯著自己探鼻息的手指看，手指離黃老伯伯的鼻子很近，突然冒出一個小小的白點。黃仁河一驚，細看，那白點是長出來的蛆蟲。黃老伯鼻子嘴巴滿滿的蟲，他的鼻子嘴巴確實在動，但不是他自己作為，而是蛆蟲蠕動使然。

春夏新村，位於高仁和管轄區域中的軍民眷村。

一日，眷村裡的徐太太，前來派出所，向警方報案。

「警察大人，我家隔壁有個黃伯伯，已經好幾天沒看見了。而且他們家不知道為什麼一直傳來臭臭的味道，你們可不可以去看一下？」徐太太向警方表示那股臭味非常擾民，他們家的人經過都會聞到，實在受不了。

「好，在哪裡？妳等我一下，我跟妳過去看看。」派出所員警小陳整理手上的物品，準備和她一塊過去。

「我們那邊是春夏新村，很近。」徐太太說了位置。

春夏新村……小陳很有印象，他內心對春夏新村有陰影。上次去春夏新村處理的案子，就是老兵喝酒過世，導致肚子氣體過多爆炸。爆炸時，他是離老兵最近的人。那血肉橫飛的景象，不堪回首。

不是吧！小陳雖然抗拒，但還是跟徐太太一起走。

他不忘拉上同事的小李。

小李小陳各自騎一輛警車，由於徐太太走路來報案，所以由小陳載她一程，由她報路。眷村建築錯綜複雜，有一排平整的木造房，也有一區一區框起來的排列方式。徐太太帶他們到的位置，正是框起來的區域，通過僅1.5公尺寬的防火巷，進到裡頭，再走一小段路，便抵達黃伯伯的家。

「就是這裡。」徐太太指著黃伯伯的家，作勢聞了聞，她摀著鼻子說：「真的很臭，你們有沒有聞到？」

小陳小李聞了聞，眉一皺，確實聞到空氣中一絲難聞的氣味。

黃伯伯的家是木造房，一樓的大門是玻璃門，但是窗簾拉上，看不見裡頭什麼情況。

小李推小陳去開門，小陳內心有千百萬個不願意，但不好在徐太太面前表現出來，硬著頭皮上前開門。

他先站在門外大喊：「黃伯伯！你在不在家？我們是派出所的員警，前來關心你一下！黃伯伯！你要是在的話，方便來應個門嗎？」

過了一會，沒有回音。

好吧，非常時期只能使用非常手段。小陳動手開門，玻璃門卡榫很脆弱，他粗暴扯兩下，鎖就壞了。門輕輕鬆鬆打開，卻如同打開潘朵拉之盒。

一股難聞刺鼻的氣味湧出，小陳往房裡一看，一名男子，估計是黃伯伯，躺在樓梯的轉角處，上半身躺在地上，下半身倒在樓梯上。

看他的姿勢很像是從樓梯走下來跌倒了。

小陳急忙大退三大步，轉頭對小李交代：「人沒了，通知刑事組的過來！」

小李立刻聯繫。

那股氣味太過嗆鼻，小陳忍不住頻頻乾嘔。

小陳退開之後，裡頭的味道隨著風吹，飄散到戶外。

小李也聞到這股濃烈的氣味，一口臭氣衝到他的喉嚨，他通報的話差點說不下去。

接到小李通知的是高仁和的學長詹彥良，他喊上高仁和一塊出動。

「走，有案子。」詹彥良拍拍高仁和的肩膀，催促他行動。

高仁和帶好出勤的配備，跟學長走，順帶問地點：「是在哪裡？」

「在春夏新村那裡。」詹彥良回答。

他說話的時候，人還沒走出警局，正好被趙豐雄聽見，他一臉驚悚地抬頭，和高仁和對看一眼。

高仁和與趙豐雄對這個春夏新村非常有印象，不輸給小陳的印象深刻。

當時詹彥良放假沒來，不清楚其中典故。

高仁和在內心祈禱，不要再有人體爆炸這麼駭人聽聞的事件了。

主要是那畫面跟氣味太驚人。

路上，詹彥良忍不住跟他屁幾句：「他們說是疑似有人往生。我跟你說，我們刑警辦案，經常會接觸屍體，一般屍體就分三種。」

「哪三種？」高仁和問。

「第一種是剛死的，鮮血直流，很新鮮，不會有任何味道；第二種是白骨，身體爛掉只剩下骨頭，也不會有任何味道；第三種，是我們刑警最怕遇到的、最不想處理的。」詹彥良刻意賣了個關子。

「是什麼？」高仁和配合地接著問。

「就是正在腐爛中的屍體，死了兩三個禮拜的那種，因為氣味很重，很不好聞。我處理過好幾次這種的，都習慣了，你小菜鳥沒聞過，不會懂。」詹彥良對高仁和揮揮手，言語中多少有作為學長的狂妄自大，與看輕菜鳥高仁和沒什麼辦案經驗。

「其實我也不算沒聞過……」高仁和小聲反駁。

詹彥良沒聽見，戴好安全帽，騎著警用摩托車，前往現場。高仁和也騎一輛摩托車，尾隨在後。

詹彥良車速很快，仗著自己對路況熟悉，也不管後頭的菜鳥學弟有沒有跟上，差點把他甩掉。

高仁和和詹彥良抵達的時候，派出所的小陳小李跟五六個鄰居老兵，以及眷村的村長在場。

所有人離黃伯伯家一大段路的距離，手摀著嘴鼻。

高仁和粗略掃視那些人，以為是小陳和小李讓大家遠離現場，心裡沒多想，他低頭戴好手套，準備進去屋子裡頭。

他抬頭，發現身邊的詹彥良一臉青紫，沒有動作。

「學長，你怎麼了？」高仁和疑惑地問。

「沒有啊！我沒怎樣！」詹彥良剛才跩個二五八萬，宣稱自己很習慣屍臭味，現在卻被這股驚人的臭氣薰到面部扭曲。這面子怎樣也拉不下來。

高仁和疑惑地看他，雖然不明白他怎麼了，但自己已經戴好手套，乾脆先進現場看看情況。

「那……我先進去了。」高仁和打聲招呼，往現場的方向走去。

詹彥良出手推開他，搶在他之前，說道：「你懂什麼，我先來！」

他邊走邊戴好手套，進入室內，人進去不到三秒，立刻衝出來，往一旁水溝蓋狂吐。

嚇了高仁和一跳。

「學長？你有要緊無？」高仁和詢問，關懷他一下。

詹彥良猛揮手，連句話都說不出來，吐完又聞到臭味，繼續吐。

「不然我自己先進去看看，你……你休息一下。」高仁和幫不了他，索性先辦正事。

他順利進到黃伯伯的家。

奇怪，他什麼氣味都沒聞到，毫無阻礙地進入屋裡。屋子裡的窗簾全是拉上的，唯一的光線來自玻璃大門照進來的陽光。

環境太暗了，他第一步先找燈的開關，打開客廳電燈。接著打量環境，他發現頭頂上有一個大的吊扇，心想學長都被臭吐了，他應該讓空氣流通一下，接著打開電風扇的開關。

做完這些動作，他準備進入正題。

他走向躺在樓梯轉角處的老先生，即便他已經打開大燈，這樓梯拐角光線依舊昏暗。

為了看仔細，他蹲下身，近距離觀察老先先。

黃伯伯趴躺在地上，雙眼閉合。

他看見黃伯伯的鼻子隱約在動，像是還有呼吸，嘴巴彷彿咀嚼般動了動，也可能是正試著發出聲音。

人還活著！

高仁和心一驚，救人要緊，對著外頭大喊。

小陳小李和其他街訪鄰居隔得老遠，不清楚他們的動靜，眼看一個進去又跑出來吐，緊接著另一個又進去了。

他們以為另一個應該也待不了多久，沒想到進去後，許久沒有動靜。緊接著，聽見高仁和從房間裡頭傳來一聲大喊：「快！快叫救護車！人還活著！」

小陳聽見人活著，也不管臭味薰天，衝上前去確認：「真的假的？還活著！」

「真的！我看到他鼻子在動！」高仁和跑出來，一臉情急。

「學長，不可能啦！這麼臭，應該都爛掉了！」小李也來，他一臉不敢置信。

「你……你看清楚點……」詹彥良吐個緩和，挺起身，讓高仁和搞清楚狀況。雖然他丟臉的吐了，有損顏面，但根據他長年辦案的經驗，人已經臭成這樣，真的不可能還活著。

「你要跟我一起進去看嗎？」高仁和問詹彥良。

「我……嘔……」詹彥良光是把臉對著大門口，聞到裡頭傳出來的味道，他又是一陣噁心。

「啊？」

「不過，我猜應該很嗆鼻吧？因為學長還沒進現場就吐了。」高仁和說道，勉強算是敘述了。

趙豐雄露出擔憂的表情，看來那氣味是相當厲害了。

地檢署的勘驗車停在巷弄口，車子進不去，檢察官和法醫在巷口等。

這區域比較複雜，沒人帶容易走錯。

高仁和前去接人，帶他們通過防火巷，往黃伯伯家的方向走，順邊解釋位置：「就這附近而已，不遠……咦，人呢？」

他話說到一半，發現後頭的人沒跟上，轉頭一看，他們停在防火巷前頭，面露難色。

「怎麼了嗎？」高仁和兩三步走回他們身邊。

「你有沒有口罩？」法醫問。

一旁的檢察官頻頻露出忍耐噁心的表情。

「我沒有口罩。」高仁和回答。

「你有沒有？」法醫問檢察官。

檢察官連話都說不出來，猛揮手表示沒有。他趕緊退出防火巷，對勘驗車裡的司機喊：「小張，拿口罩跟綠油精過來一下。」

司機小張拿好東西，給他們送了過去，剛到防火巷口，喊了一聲：「怎麼這麼臭！」

他快速將東西交給檢察官，逃也似地回車子裡待命。

有這麼誇張嗎？高仁和看著他們的互動，心中充滿疑惑。

檢察官跟法醫開始製作特製口罩，第一層口罩，第二層衛生紙，第三層滴滿綠油精的衛生紙，第四層再一只口罩蓋上。

綠油精薰眼，薰到眼淚都要流下來，但能排斥那股氣味。

高仁和木然地看著他們帶上特製口罩，帶他們到現場後，他打量一下待在現場的人——檢察官、法醫、趙豐雄、小陳、小李，葬儀社社員兩人，通通帶著特製口罩。

在場所有人，竟然只有他跟往生的黃伯伯沒有戴口罩。

但是他真的什麼味道都沒聞到。

真的有這麼臭嗎？高仁和趁所有人不注意時，偷偷深深吸氣，感受一下眾人避之唯恐不及的味道。

沒有，他還是什麼都沒有聞到。

當他靠近其他人時，能聞得到他們特製口罩上綠油精的味道，證明他的味覺並沒有問題。

那方，檢察官與法醫開始接觸黃伯伯。

由於趙豐雄剛才已經吐過一次，近距離拍攝的工作，便交給強者高仁和負責。

高仁和拿著傻瓜相機，遠景近景都得拍進去，由於相機功能差，如果要將細部拍得清楚，就必須靠得非常近。

高仁和拍攝黃伯伯的時候，跟他保持不到三十公分的距離，黃伯伯眼睛鼻子嘴巴就在他眼前，各種蟲一直爬來爬去。

離得這麼近，說不定聞得到味道。

他再次偷偷深吸口氣，依舊什麼都沒有聞到。

葬儀社社員過來，幫忙把黃伯伯的衣服褲子剪開，黃伯伯身體嚴重腫脹，他們這一剪，屍水就流出來了。

葬儀社的兩人接觸過的屍體也不少，但屍水流出，他們都受不了，扭頭就往外跑。

法醫跟檢察官非常有默契跟著倒退，大退三四步的距離，站得遠遠的。

就高仁和一個人，依舊蹲在地上，離黃伯伯很近。

眼看其他人跑的跑，退的退，他覺得大夥簡直莫名其妙。

他站起身，對兩位葬儀社的社員喊道：「你們兩個跑出去，我要怎麼拍照？」

「太臭了，我要休息一下。」其中一名社員手腕擦汗，忍耐得非常辛苦的模樣。

有這麼誇張嗎？高仁和站在原地，也沒移動，等著他們回來繼續。

根據法醫的判斷，黃伯伯走了大約十三天，黃伯伯年紀很大了，皮膚比較厚，身體裡面腐爛，但還沒有腐爛到外面，所以外觀還很完整，但裡面爛光了。

現在正逢夏季，細菌容易繁殖與發酵的季節，因而產生如此銳不可擋的驚天臭氣。

整個屍體處理完畢，高仁和始終沒有離開過黃伯伯身邊。檢察官、法醫、葬儀社社員幾次三番休息，到外頭緩和一下這衝擊性的氣味。

檢察官忍不住問他：「這位刑事組的刑警，你是鼻塞嗎？」

「檢座，沒有，怎麼了嗎？」高仁和回答。他能聞到檢察官口罩上綠油精的味道，真的沒有鼻塞。

「你怎麼都沒有聞到味道？你這麼有膽識！」檢察官震驚。

旁邊葬儀社的社員也搭上一句：「長官，你真的沒有聞到味道嗎？」

「我確實沒有聞到。」

「真的嗎？都沒有感覺？」

「我真的沒聞到。」高仁和被問到苦笑。

他停頓一下，其實不能說沒有怪異之處，他以前要是看到爬滿蛆蟲的屍體，密密麻麻的蟲亂爬，他心裡也會不舒服。但是他看黃伯伯的屍體，卻沒有這樣的感受，反而很平靜。

難道說冥冥之中，已故的黃伯伯希望他來處理這個案子？

高仁和很快否定這個猜測，最近老聽說怪力亂神的事，害他變得容易往那方面去想。

高仁和決定不細想了，人是鐵飯是鋼，吃飯皇帝大，想想中午要吃什麼比較實際。

「待會中午要去吃什麼？」他順口問身旁的趙豐雄。

「你怎麼還吃得下去！」趙豐雄驚悚地看著他，懷疑他根本不是人類。

「肚子餓啊！你不餓嗎？」高仁和理直氣壯。

「不，我沒胃口，我要回局裡休息。」趙豐雄白著臉，感覺有點暈眩，臭暈的。

「喔。要幫你買飯嗎？」

「不用了，謝謝。」趙豐雄感謝他的好意，但他現在無福消受。

後來，高仁和到店家點一大碗牛肉麵，聞著麵香。

他想他的鼻子很正常，嗅覺味覺都沒有問題，麵吃得很香。

真不知道為何剛才一點臭味都聞不到，令人百思不得其解。

G市，一間羊肉爐，生意很好，客人絡繹不絕。

老闆謝國偉和老闆娘王美蘭是一對情侶檔，兩人合資開店，租一棟兩層透天厝，一樓是店面，二樓是兩人的住所。謝國偉脾氣大，容易和客人起衝突，平時窩在廚房，盡量不出來。王美蘭負責端菜點單，招呼客人。

他們店營業時間是下午四點半到晚間九點，平時八點半就準備收店，不會再接客人進來。

要是太晚關店，影響到謝國偉的休息時間，他大發雷霆，倒楣的就是王美蘭了。

王美蘭是個沒受過教育的女人，從小被家人當作賠錢貨在養，能吃上一頓飯都是稀奇的事。十六歲那年，她家人曾打算把她賣給隔壁街的老先生，她嚇得離家出走，開始在外工作。

後來，她在二十初頭的年紀認識謝國偉，當時他準備開店，讓她把工作後積攢的錢全部投進他的店，兩人合開羊肉爐店。

明明她也投了錢，謝國偉卻從來沒有回報過她，別說分紅，就連她在羊肉爐工作的薪水都沒有，吃喝住行都得靠謝國偉。

從此王美蘭的人生就跟謝國偉綁在一起了。

偏偏謝國偉脾氣差，一吵架就動手動腳，王美蘭怕死他了，又拿他沒辦法。光是晚上八點半過後還接客人進來這件事，謝國偉就能對她拳打腳踢，上演全武行。王美蘭在長期暴力對待之下，性格扭曲成一個怯弱不敢反抗的人。

這天，晚上八點鐘，一對男女勾肩搭背進到店裡。

王美蘭前來招呼，定睛一看，是老熟人文雄和他女朋友阿珍來了。

文雄是他們開店時候認識的水電工人，店裡所有冷氣跟水電全是他包辦。

「你怎麼來了！要來不早點講，我們店裡有些菜都沒了！要是知道你要來，我就先幫你留菜了。來，這邊做！」王美蘭熱絡跟他招呼，請他們兩位到電風扇吹得到的好位置。

「老闆娘，一鍋羊肉爐，一盤炒羊肚、麻油羊心、再一份炒飯。」文雄笑著點餐。

兩人落座後，文雄已經點好菜，沒問他女朋友一句。

阿珍趕緊追加：「來一份青菜，什麼菜都行。」

「好，沒問題。」王美蘭畫好單，回去交單給謝國偉。

「我去拿喝的。」文雄起身，走到放飲料的冰箱前，拿了三瓶啤酒過來。

「你沒順便拿我的？」阿珍不喝酒，看他只拿酒過來，沒好氣地說。

「妳自己不會去拿喔。」文雄皺眉，沒注意到阿珍的火氣，就算看到了也不會放在心上。

阿珍刷地起身，自己去冰箱拿一瓶蘋果汽水。

飲料冰箱的位置離廚房很近，她站在那裡，聽到老闆的吼聲：

「我不是跟妳說今天我要早點關店！妳還接客人進來！妳怎麼講不聽！」

「不是，客人是文雄，文雄幫我們這麼多，不好拒絕他吧。」王美蘭好聲好氣解釋。

「我不管。妳自己接的單，妳自己來弄給他們吃，我要回樓上睡覺了！」

緊接著一陣鏗鏗鏘鏘，人大概是走了。

阿珍回去，跟文雄轉述自己剛才聽到的話，想他們會不會打擾到他們關店，商量他們要不要換一家吃。

「我酒都喝了，妳才說要走。不走啦！要走妳自己走！」文雄拒絕，菜還沒上，他已經先喝掉半瓶。

阿珍做幾個深呼吸，才說服自己不要在意，扭開飲料瓶蓋，大口喝蘋果汽水。

沒過多久，王美蘭將羊肉爐端出，跟他們道歉說：「歹勢，我現在只剩下羊肉炒飯跟羊肉爐，這炒飯前我不跟你們算。」

「老闆娘，多謝了。」阿珍向她道謝。

王美蘭對她笑了笑，回廚房收拾了。

東西送上來，煮一小會，羊肉湯裡頭放著中藥材，香氣四溢，令人食指大動。

王美蘭給他們多放很多羊排骨，肉非常多。

兩人吃到一半，文雄酒勁上來，上身往阿珍的身上貼著，臉撲到她的肩膀。

「幹嘛？」阿珍肩膀推了他一下，手裡的碗筷差點沒拿穩。

「妳給我親一個。」文雄要求，一張口酒氣沖天。

阿珍不愛酒味，聞到這味道，翻了白眼，不讓親：「走開啦！你臭死了！」

「來給我親一個！」文雄執拗地要求。

「不要。」

文雄臉色沉下來，他動手掐著阿珍的下巴，用力將她的臉扳向自己，對著她的嘴亂親一通。

「唔！」

親完，文雄還不罷休，他鬆開手，改摸她的裙底，直接摸到她私密處，手指鑽進內褲，想要捅進去。

這可是公開場合，他想幹嘛！

阿珍嚇得碗筷一丟，用力推開他，大動作站起且後退一大步。

「你幹什麼！」

「沒啊。」文雄否認剛才的行為，他淫笑著，又拿起酒瓶往嘴裡灌。

「再喝！喝死算了！」阿珍看他還喝酒，氣得飯也不吃了，乾脆丟下他不管，頭也不回，直接走人。

「走！妳走！欠幹的查某！」文雄喝完三瓶，踩著搖搖晃晃的腳步，去冰箱拿第四瓶酒。

時間是晚間八點四十分。

王美蘭看他拿了第四瓶酒，大有繼續喝下去的跡象，她不得不上前勸他兩句：「文雄，你不要再喝了啦。我們也差不多要打烊了，不然你先回去，改天再來，好不好？」

「我再喝一下有什麼關係！我再坐一下不行喔！關店，關店又有什麼了不起！我就是要喝啦！」文雄大聲喧嘩，鬧酒瘋，他說到後面兩句，還把桌子拍得乒砰響。

他弄出的動靜太大，吵到樓上準備休息的謝國偉，他風風火火下樓，對著醉酒的文雄怒喝：

「吵什麼吵！叫你回去就回去！囉嗦什麼！」

「你是怕我花不起嗎？恁爸開得起！恁爸有錢！」文雄吼回去。

「有錢了不起喔！叫你回去！不稀罕你的錢！滾啦！」謝國偉動手推人，要直接將人推出店外。

文雄自然不肯，回手反擊。

兩人一言不合，打起來。

「別打了、別打了！」王美蘭勸架，試圖拉開他們兩個，但她力氣太小，還頻頻被拳頭揍到。

「閃啦！」謝國偉一推，將她狠狠推到地上。

王美蘭跌倒在地，那兩人扭打得更凶狠，往廚房的方向去。

緊接著沒了聲音，王美蘭起身，趕過去時，看見謝國偉拿著拉鐵門用的鐵條，狠狠往文雄腦袋砸，只砸一下，人就沒了反應。

「死好！」謝國偉丟開鐵條，對著沒反應的文雄，補踢一腳洩憤。

文雄整個人趴躺著，身體很軟，被踢也沒有任何反應。

「起來！別裝死！滾出我的店！」謝國偉踢好幾腳，連踢帶踹，文雄被他踹翻了個身。

謝國偉總算意識到不對勁，他蹲下身，查看文雄的情況，賞他好幾巴掌，打不醒他。他皺著眉頭，伸手探探他的鼻息。

人沒有呼吸了。

「人怎樣？」王美蘭站在點餐窗口，親眼目睹謝國偉用鐵條砸人腦袋，接著文雄一直沒反應，謝國偉又探他鼻息，她心裡有了不好的猜測。

謝國偉沒有第一時間回答她的疑問，他站起身，緩慢轉頭，對王美蘭說：「沒事，他昏過去了。」

王美蘭鬆了口氣。

「我去關店。」謝國偉說完，撿起鐵條，走出店外，將鐵門拉上，鎖上大門。

王美蘭趁這時候，走進廚房，查看文雄。

剛才她離得遠，沒有看清楚，現在蹲下身，近距離打量文雄。

文雄眼睛並沒有完全闔上，眼皮微微蓋下來而已，而且趴躺的姿勢怪異，一般人就算陷入昏迷，躺成這個姿勢，多少會因為不舒服，而發出不穩的呼吸。

然而，他沒有。

王美蘭直覺意識到不對，她顫巍巍伸手，學著謝國偉剛才的動作探他的鼻息。

沒有呼吸。

外頭傳來，鐵門一口做氣拉下的嘩啦聲。

謝國偉闗好門，快步走回廚房，對上王美蘭驚恐的視線，再看她的蹲在文雄身旁，猜到她已經知道人被他打死了。

「去那邊坐。」謝國偉指著放在廚房的高凳子。

平時客人比較少的時候，他用來休息的凳子。

王美蘭不敢動，她動不了，她的腳像是被釘子釘住，動彈不得。

謝國偉面無表情，冷眼看著她，等了幾秒鐘，失去耐心。他抓住王美蘭的手臂，將人拖到高凳子上坐好。

王美蘭嚇壞，她掙扎又抗拒，哭求：「不要這樣……不要這樣……叫救護車……」

「叫什麼救護車！人已經死了！」謝國偉怒瞪，看見她恐懼又痛哭流涕的樣子，心中一把火，連賞她好幾個巴掌，全打在她左臉頰。

謝國偉用力過猛，王美蘭的臉頰頓時腫脹，她哭得更慘。

「惦惦啦！再哭，我再打！」謝國偉威脅她。

王美蘭怕慘他，霎時噤聲。

「妳乖乖坐著，不然下一個就是妳。」謝國偉說完，拿起他廚房剁羊肉羊骨的刀，托著文雄的屍體，往二樓的浴室走。

王美蘭雙手摀著嘴巴，坐在凳子上，她哭，卻不敢哭出聲音，恐懼籠罩她，像是魔鬼，掐滅她最後一絲掙扎的勇氣。

謝國偉將文雄的屍體拖到浴室放血，他腦中沒有太多想法，他將文雄當成他料理的羊隻，羊肉是肉，人肉也是肉。他蹲在浴室地板，用刀剁掉文雄的身體，頭、手掌、腳掌，太過明顯的部位不能留。接著，他用刀剖開腹部，取出內臟。

浴室的空間大約兩個塌塌米的大小，文雄的頭、斷手斷腳跟內臟擱在地上太佔空間，謝國偉暫時丟到浴缸裡頭。

身體的血放得差不多，他開始剁文雄的肉，就像他平時料理羊隻那樣，先處理成大段肉塊，之後要用時，再切成塊。

他用王美蘭房間的棉被包裹難處理的部分，文雄的內臟跟斷手斷腳，腦袋的體積太大，包不住，只好獨立放著。他用一個大的黑色垃圾袋，將裹著屍塊的棉被裝進去。

他一手提著垃圾袋，一手拎著人頭下樓，回到廚房。

謝國偉看都沒看王美蘭一眼，掠過她，將垃圾袋放到一旁，撿起店裡火鍋原料的紙箱，將人頭裝進紙箱。

王美蘭看見他的舉動，要不是她摀著嘴巴，這時早尖叫出聲。

她怎麼也想不到，謝國偉竟然把人肢解分屍。

她猛喘大氣，一股冷意從心擴散到四肢，她禁不住地發抖。

謝國偉裝完文雄的腦袋，將紙箱和垃圾袋，堆到一旁。他轉頭，注意到王美蘭的動靜，出聲警告：「我是用妳的棉被包的。如果妳敢講出去，妳也是共犯。」

謝國偉偷換概念，人是他殺的，偏偏要把王美蘭拖下水，硬說她是共犯。

可憐王美蘭不懂其中的差別，被他簡單一句話騙過去，以為自己真的跟他一樣是幫凶。

謝國偉將屍體其他部分移到樓下的廚房，切好一段段後，就更好處理了。切成排骨，或者肉片，彷彿沒有太大分別。

剁成肉塊的模樣，裝進平時放肉的塑膠袋，冰入營業用的大冰箱。

深夜兩點，謝國偉將裝有屍塊、內臟的垃圾袋跟裝著人頭的紙箱，放到後車廂，載著王美蘭，到郊外的公墓。

他扛著黑色垃圾袋，要王美蘭抱著人頭的紙箱。

王美蘭邊哭邊跟在謝國偉的後頭，謝國偉裝人頭的時候，甚至沒有用膠帶封起來，用很粗糙的交疊法，將紙箱蓋住。王美蘭一低頭，好像就能跟紙箱裡的人頭眼對眼。

她不敢看。

謝國偉一手提著手電筒，一手提著黑色垃圾袋，腋下夾著一把鐵鍬，走進公墓。

墓地周圍雜草叢生，非常原生態，從不曾有人過來整理，特別荒涼。

他深入草叢，隨便找一處土地，挖個坑，將垃圾袋裡的屍塊埋進去。

王美蘭見他丟入垃圾袋，就準備蓋上土了，連忙慌張問他：「頭……頭不……不放嗎？」

謝國偉冷眼看她，解釋：「頭跟身體埋在一起，容易作祟。必須分開。」

那是老一輩的傳聞，往生者如果屍首分離，即使變成鬼，也很難找仇人報仇。

他拿著手電筒，挺進公墓旁的蝙蝠洞。洞內蝙蝠胡亂飛舞，非常靠近人，卻絕對不會撞上。

王美蘭有著傳統觀念，覺得蝙蝠是很邪惡的動物，害怕那些飛舞的蝙蝠。蝙蝠洞光照不進，深黑不見旁路，她唯有緊跟在謝國偉的身後。

心中始終恐慌，嚇得她發不出聲音。

蝙蝠很可怕，漆黑一片很可怕，而眼前帶路的謝國偉如同魔鬼一樣，比前兩者更可怕，而她只能絕望地跟緊他。

謝國偉停下腳步，覺得他們走得夠裡面，轉身，將手電筒的強光直接照在王美蘭臉上。

「這裡差不多。妳隨便挖坑，把頭埋了。」謝國偉將鐵鍬丟給王美蘭。

王美蘭被強光照著，看不清他的舉動，鐵鍬直接砸到她抱著紙箱的手，她慘叫一聲，反射性鬆手，裝人頭的紙箱跟鐵鍬一同掉落在地。

謝國偉不悅，發出嘖的一聲。

「我……我挖嗎？」王美蘭多希望能聽到不一樣的回答。

「我埋四肢，妳埋人頭。大家輪流。」謝國偉冷聲說道，並催促她：「快一點！」

王美蘭閉一閉眼，在心裡跟文雄道歉，祈求他可以原諒她。她蹲下身，摸摸土地，找到鐵鍬，一邊流淚一邊挖土。

她不知道自己挖得多深，手電筒的光照範圍不大，她粗略估計應該能埋入紙箱，停下手。

剛才的動靜讓紙箱稍微打開一些，她彎腰抱起紙箱，低頭的時候，和紙箱內眼睛微開、死不瞑目的文雄對上眼。

她嚇得鬆了手，完全崩潰，痛哭起來。

謝國偉一心想快點結束埋屍，他們待得越久，越有可能會遇到人，一看王美蘭不動作了，上前用力巴她腦袋，怒罵：「還哭！動作快一點！快埋一埋！」

王美蘭被打得踉蹌，差點跌倒。她怕謝國偉再對她動手，顧不得內心有多崩潰，也得遵照他的話做。

她屈服在暴力之下，將裝著文雄人頭的紙箱，放入自己挖出來的坑，再用土覆蓋。

距離他們出發到公墓埋屍，前後不出兩個小時，卻是王美蘭最漫長的兩個小時。

距離天亮，沒有多少時間了。

回到兩人同居的住所，天濛濛亮。

「你去把血跡跟浴室清一清，我要去睡了。」謝國偉交代完，不管不顧，直接上二樓，回臥室休息。

他竟然睡得著。王美蘭不敢置信，瞪著他離開的背影。

她站在原地許久，直到腳開始麻木，才有下一步動作，她先清理廚房的血跡，然後上二樓，在浴室內灑滿清洗用鹽酸，用長刷子反覆刷洗，刷掉殘留的血肉。

曾經有一個男人在這個浴室裡被肢解了，而動手的人心安理得地呼呼大睡。

她看著浴室的地板，邊哭邊想，洗不乾淨了。

這裡永遠都是肢解過屍體的場地。

她也是共犯。

當天，下午三點謝國偉睡醒。

在謝國偉的堅持下，他們羊肉爐照常營業，不能讓人察覺到異常。照舊下午四點半開門，王美蘭負責外場，謝國偉負責廚房。

王美蘭拉開鐵門，往外擺放桌椅。

「你們生意真好，昨天晚上很晚了，還聽到你們在剁羊肉。」一名鄰居路過，和她搭話。

「呃……嗯……」王美蘭心虛，不知道要怎麼反應。剁的不是羊肉，是人肉。

她怕自己失言，說錯話，小心翼翼地應對。

「可是我覺得你們生意好歸好，但也不能這樣大半夜還在剁肉。這樣會吵到我們休

王美蘭身體僵硬地走到座位，緩慢坐下來。

謝國偉出完菜，遞給她一碗白飯，自己則拿了個空碗，直接吃起鍋裡的肉。

「這麼多，我們兩個吃不完……」王美蘭夾了沙茶的，放進嘴裡，口味重得令人反胃。不知道是不是她的錯覺，連平時吃慣的羊肉，都變得腥騷，難以下口。

「這些今天都得吃完，能吃多少是多少。」謝國偉瞄她一眼，眼神中滿是不悅，好似她再多說一句話，他就要會動手打她。

王美蘭怕死他，不敢說話，忍著噁心，努力填飽自己，往自己嘴裡塞下一片又一片的肉。

謝國偉跟她一樣，只是他吃得快，排骨與肉片交換著吃。一大鍋的排骨跟肉片，被他們吃了泰半。

「我……我吃不下了。」王美蘭吃飽了，想放下筷子。

「繼續吃。」謝國偉看都不看她，警告她：「妳敢停下筷子，我要妳好看。」

王美蘭逼不得已接著吃，吃到肚子脹起來，快要吐了。

謝國偉也吃得不少，一樣臉色鐵青，一樣逼自己繼續吃。

剩下最後一塊排骨，謝國偉留給王美蘭。

在王美蘭夾起排骨，放進嘴巴咬時，謝國偉告訴她，今天這一頓非吃完不可的晚餐的秘密。

「我把文雄其他部分，切成肉塊跟肉片，都在這裡了。妳吃完那一塊排骨就沒有了。」他說。

王美蘭倒抽好幾口氣，其實中途她已經有所預感，但真的聽他口中道出，還是很難接受。

「把它吃完。不准吐。」謝國偉命令她。

王美蘭受不了，她笑了出來，一邊笑一邊哭，還要把肉吃進肚子裡。

他們竟然吃了一個人。

好啊，好，吃完這些肉，她和他都失去做人的資格。

他們不是人。

七年後。

這天，高仁和值勤，中午學長派他出去買午餐，學長們心血來潮，格外想吃咖哩湯麵跟蔥油餅，還要檳榔跟香菸。

高仁和作為一個稱職的菜鳥兼跑腿，四處走竄，把東西買齊。他回分局的時候，發現一名婦人鬼鬼祟祟在他們分局前徘徊。

婦人穿著一件泛黃的桃紅色卡通印花上衣，一件有多處刮破小洞或脫線的牛仔褲，不是時下流行的破洞牛仔褲造型，而是一件褲子反覆穿的成果。她的上衣同樣像是很多年不曾換過的舊衣。

她低著頭，喃喃自語。

高仁和看不清她的長相，光從身材判斷，對方非常瘦，幾乎沒有脂肪，從短袖上衣露出的手臂皮膚推斷是一名年約三十歲左右女子。

「小姐，妳是不是要報案？」高仁和雙手提著學長們的午餐，上前詢問女子。

他發誓他絕對是用懇切的聲音，並且很有誠意地詢問她。

誰能猜想到，女子像是被電到般，整個人嚇了一大跳，猛地抬頭看向高仁和。

她張開嘴，發出聲音，卻沒有語調。

她上排的牙齒只剩一顆牙，下排牙齒還算完整，但也缺了不少顆，導致她一時間說不出語調。

高仁和瞬間的驚訝，但很快回過神來，更加肯定地詢問：「妳是不是需要幫忙？」

女子倒抽好幾口氣，像是用力抽氣，又像是在點頭。

「不然，我們進去裡面聊一聊，妳不用太緊張。」高仁和怕嚇跑她，好言好語引導。

「小高！你怎麼還不進來！慢吞吞的！」學長經過門口看見他，對他大喊一聲，催促他進局裡。

女子二度受到驚嚇，什麼話都沒說，拔腿就跑。

「哎！妳……」高仁和來不及反應，雙手又提著東西，一時間沒辦法攔住人，眼睜睜看她跑遠。

「誰啊？來幹嘛的？什麼情況？」學長見女子跑走，快步上前，詢問高仁和，準備幫忙追人。

「不知道。」高仁和無解。

「啊？」學長一聽，打消追人的心思，問她：「你剛沒問出什麼？」

「這……我正要請她進局裡談談，你就把她嚇跑了。」

「怪我囉！」學長雙手一攤，理直氣壯。

他小菜鳥，他怎麼敢。

「沒有沒有，吃飯吃飯。」高仁和提著兩大袋東西，進警局。

一飯泯恩仇。

午餐時間，高仁和心不在焉地吃麵，想著剛才那位鬼鬼祟祟的女子。他現在辦過不少案子了，不再是剛畢業什麼都不懂的菜鳥，雖然在學長面前還是菜到發綠，但多少有點經驗。

她很明顯有求於他們警方，可惜她上排牙齒只剩一顆，說話不太利索。

「想什麼想這麼認真！」

「一定是想女人！」

學長跟同事打趣，整個警局，結婚的結婚，訂婚的訂婚，戒指一人一個，就他單身沒有，淪為被重點關愛的對象。

「沒啦！你們不要亂講！」高仁和趕緊否認，他解釋：「我在想剛才那個女人應該還會再來。」

「還說不是想女人！」學長推他一把。

「什麼女人？」不知情的同事好奇。

高仁和將剛才遇到女人的過程一五一十道出。語末，他自己分析：「我感覺她需要我們的幫助。這幾天多注意一下吧。」

大夥嘴巴上沒答應，但都聽進去了。

妳知道我的厲害！」謝國偉扯著她的頭髮，長期營養不良乾得如稻草般的髮質非常脆弱，在他的用力拉扯下，拔掉她好幾撮頭髮。

「不要！我求求你！」王美蘭哭求，淚流滿面，她抗拒他，但使不出多大力氣。

她無意間甩手，打到謝國偉的身上。

謝國偉盛怒，甩她一巴掌，將她打昏過去。

王美蘭大約昏迷十幾秒的時間，醒來的時候，她看到謝國偉手裡拿著一把老虎鉗，她的心如同掉入冰窖般寒冷。

她的每一個牙齒都是他用老虎鉗一顆顆拔掉的，她上排只剩下一顆牙齒，他還要拔她的牙。

「不要這樣……求求你……」

王美蘭多少次的哀求，被謝國偉無視，他不在乎王美蘭會有多痛苦，他只想做他想做的事。

「妳安靜點。不然待會我拔得更多。」謝國偉警告她，求饒聲聽多了，只覺得煩，他不會心軟。
王美蘭知道他有多恐怖。
求饒沒有用，哭也沒有用。
她不敢掙扎，她不得不接受他要對她做的事。
張開嘴，配合他，眼睜睜看他拔掉自己上排最後一顆牙。
冰冷的老虎鉗鑽進她的口腔，目標是她上排牙齒最後一顆牙齒。老虎鉗夾住後，他手扭了一下，將她的牙齒，扭下來。
王美蘭痛到不行，白眼一翻，再度昏厥過去。
拔掉她的牙齒之後，傷口沒有縫合，血不斷地流。
謝國偉不管她，將行凶的老虎鉗跟王美蘭的牙齒丟到一旁。他進浴室洗澡，換上工作服，跨過躺在地板上的王美蘭，無視從她口中流出的血與她撒的尿，一如往常出門工作。
昏迷的王美蘭做了一個夢，夢境並不陌生，這七年來她反覆做著同一個夢。
夢裡她回到他們那間羊肉爐，文雄坐在那天他吃飯的位置，他臉色青紫，抱著自己的雙

「啊？」李嵐全疑惑，沒聽明白她在說甚麼。他當下以為她有精神障礙，胡言亂語。

「偶料抱幾！偶料抱幾！」她反覆說著。

「妳在說什麼，我聽不懂，妳說慢一點，或是寫字也可以。」李嵐全緩和她的情緒，請她到一旁的座位坐下。

他準備紙筆，打算跟她筆談，然而他聽見她說：

「偶不會……寫字。」

李嵐全一愣，內心直罵髒話，講話不清楚，字又不會寫，是要他通靈嗎！

李嵐全不動聲色，繼續慰藉她：「好，沒關係，妳先冷靜一下。妳先告訴我，妳叫什麼名字，有沒有身分證或是證件？」

她從褲子後面的口袋拿出身分證件，傳來很強烈的阿摩尼亞味。

好不想接手啊，怎麼辦！她這是剛過尿褲子，身分證剛好放在口袋裡吧！

李嵐全表面鎮定接過她身分證，內心狂風暴雨。他從出生年月日，算出她今年三十二歲，名叫王美蘭，無配偶。

「王美蘭，妳是不是要報案？」李嵐全接著問，拿出小筆記本，記錄她基本資料，隨後將身分證還給她。

王美蘭頻頻點頭，重複：「偶要報案。」

接下來，李嵐全展開難度非常高的詢問。礙於王美蘭上排牙齒全沒了，說話不清不楚，他很難聽懂她想表達的意思。

一問十五分鐘過去，進度很差，有同事注意到他們這邊的異狀，走過來關切。

「怎麼回事？需要幫忙嗎？」同事順口問。

「需要需要，你跟我一起聽她說。」李嵐全立刻抓緊對方伸過來的橄欖枝。

「有輪撒輪！撒輪！」王美蘭說。

「咦！這個人！」同事注意到王美蘭，特別是她上排牙齒都沒有，他說：「小高今天中午有提到她，剛好他還在樓上休息，我幫你叫他下來。奇怪，我記得小高說她上排還有一顆牙齒。」

「快去叫！快去叫！」李嵐全催促他。恨不得把局裡能通靈的人都請過來，他跟這位女士根本無法溝通。

高仁和過來，一眼認出王美蘭，心想她果然又來了。緊接著他注意到她上排牙齒全部沒有了，他中午看到的時候明明還有一顆殘存的。

「妳牙齒怎麼了？」高仁和神色一凜，立刻詢問。

好巧不巧，說到王美蘭的傷心處，她哭得一把鼻涕一把眼淚。

高仁和臉色一沉，腦子裡迅速整理情報：

一、她有事求警方，需要警方的幫忙。

二、她的牙齒中午明明還在，現在卻沒有了。

三、嘴角有血跡，臉頰有些腫脹。

「是不是有人弄掉妳的牙齒？」高仁和大膽推測。

王美蘭猛點頭，邊哭邊說：「拔我的牙齒，還有殺人。」

她的話一樣含糊不清，但是高仁和聽懂了，重複她的話，跟她確認：「有人拔掉妳的牙齒，還有殺人！」

她再度點頭。

李嵐全默不作聲，卻對這位學弟刮目相看了，以前聽說過這個學弟有特異體質，他從來沒當回事，現在他非常相信了。

他居然能跟王美蘭正常對話，太神了。要不是礙於王美蘭在場，他要起立給他鼓掌。

詢問的進度，終於在高仁和的協助下有顯著的進展。

根據王美蘭的供述，他們得知她的同居人，一名姓謝的男子，曾經在他們合夥開的羊肉爐店裡，殺過一個男人，還把男人的身體切成肉塊，煮成羊肉爐給人吃。那個被殺男人到現在還經常會託夢給她，跟她求救，請她幫他伸冤。她的同居人脾氣很差，只要吵架就會拔她的牙齒，她上排的牙齒就是這樣沒的。

王美蘭講述過程中，故事說得東一塊西一塊，非常亂七八糟，沒有正常的時間軸線。以至於李嵐全跟高仁和得自行拼湊出大概情況，然後跟她再三確認。

當她提到謝國偉殺人後，把分屍的肉塊煮成羊肉爐時，李嵐全被嚇壞了，下意識反駁她：「怎麼可能！難道人肉吃不出來嗎！」

「羊肉爐煮……煮很多中藥材，吃不出來……」王美蘭回答。

緊接著，她又提到那位被殺的男子，這七年來一直託夢求她申冤。

李嵐全心理上已經排斥相信她了。

又是吃人肉，又是怪力亂神的託夢，未免太不現實了。

「王女士，我勸妳不要對警察說謊，我們警察辦案事非常嚴謹的，妳如果說謊的話……」李嵐全試圖警告她。

然而，他話還沒說完，王美蘭氣急敗壞地辯解：「真的！我說的都是真的！那個人叫文雄！他經常託夢給我！拜託，你們要相信我，真的有這件事！」

李嵐全不信，但高仁和半信半疑，細問：「妳知道文雄住在哪裡嗎？」

「我只知道他住在八區那邊。」王美蘭搖頭。

高仁和看向李嵐全，提議：「不然我們去找看看？」

「都不知道是真的假的。」李嵐全低聲說道，不信王美蘭的說詞，感覺這個人說話顛顛倒倒，精神不正常。

「萬一有呢?」高仁和說。

李嵐全一臉屎樣，內心千百萬個不願意，但鬆口答應:「好吧。就去找一找。」

他們所掌握的線索只有四點:

一、大約在七年前失蹤。

二、名叫文雄，姓什麼不知道。失蹤時，年紀三十歲左右，中等身材。

三、住在八區。

四、做水電工的。

出動一組人馬，四個警察，開車前往八區，挨家挨戶去問。

大海撈針，找一個名叫文雄的男人。

時隔太久，住戶換一輪又一輪，城市住民之間漠不關心，他們問老半天，問不到人。

「白跑一趟，累死。」

「線索哪來的?可不可靠?」

一車的學長們開始找發起人。

李嵐全怕火燒到高仁和頭上，暗示道：「我沒菸了。誰去買菸？」

「我！我去買！我立刻去買！」高仁和馬上接跑腿的工作，火速逃離現場，下車買菸。

他大步慢跑到旁邊一家檳榔攤，跟老闆買菸買檳榔，點完單，他站在櫃台前等，順口就問：「你們這裡有沒有一個叫文雄的人？做水電工的。」

「沒有。」

高仁和不意外聽到這回答，千遍一律都一樣，以為又要鎩羽而歸。

老闆靈光一現，回想起什麼，接著道：「做水電工的文雄？文雄是綽號，那個人真名叫俊雄，李俊雄。人失蹤很久沒回來了。他們家上次辦喪禮的時候，他弟弟滿世界找他，找不到人，就報失蹤人口。」

「失蹤多久？」高仁和緊接著問。

「我怎麼知道。」老闆被問倒了，但他倒是可以提供一個線索：「他們家就在那邊進去的A棟，你可以問問管理員是哪一戶。」

高仁和接過香菸跟檳榔，得到線索簡直要樂壞了。他快步回到車內，對學長們說：「真是踏破鐵鞋無覓處，得來全不費工夫！我問到線索了！那個文雄是綽號，本名李俊雄，家住在A棟那邊。趕緊掉頭回去，我們再去問問！」

「你怎麼這麼幸運！」

「不錯嘛！臭小子！」

高仁和被學長們不帶力道的揍一拳，順便沾沾喜氣。他們立刻調車頭，回去A棟的位置。

從公寓管理員口中問出李俊雄家人的住所，由高仁和和李嵐全上去，其他人待在一樓等。

「沒想到真的有文雄這個人，而且失蹤很多年。跟王美蘭的線索對得上，這人沒受過什麼教育，應該不至於有能力把一個故事講得那麼完整。」李嵐全分析，本來質疑王美蘭的說詞，現在線索對上，有點半信半疑了。

「如果時間對上，就可能是真的了。」

「是啊。」

語畢，電梯抵達樓層，他們陸續走出，對著門牌，找到李家的住所。

李嵐全先行，按兩聲門鈴，等到一位老太太前來應門。「誰！」老太太脾氣不太好，應門的時候，口氣很差。

「妳好，我們是警察，有事要請問妳，麻煩妳配合警方辦案。」李嵐全表明來意，並給她看警證。

老太太眼睛不太好，看了很久，才問：「是要問什麼？」

「你們家有沒有一個叫李俊雄的人？」李嵐全問。

「那個不肖子做什麼壞事嗎！」老太太聽到李俊雄的名字，氣不打一處來，激動反問警方。

「不是……」李嵐全話沒說完，被老太太激動的言語打斷。

「他人不知道死哪去！七八年沒回家了！他爸死的時候也沒回來！他心裡根本沒有這個家！」老太太怒氣沖沖罵完。

李嵐全終於抓到空檔，把話說完：「現在有人報案說他可能被殺，能不能麻煩妳回想一下，他大概是什麼時候失蹤的。平時有跟誰往來？」

「他從以前就不怎麼回家，出社會之後，就搬出去自己住。一次都沒拿錢回家過！」老太太對李俊雄的事一無所知。

老太太是李俊雄的母親，他們從她口中問不出其他有用的線索，唯獨能對上的只有失蹤七八年的時間，跟王美蘭說的時間吻合。

他們告別李老太太，馬上回警局，找王美蘭問個清楚。回程的一路上，李嵐全不斷慶幸，對高仁和說：

「幸好你同情心氾濫，有先安置她，不然人跑走了，我們要找誰問線索。」

「我看她不像在說謊。」高仁和也說不來為什麼，大概是當警察的直覺。

「怎麼會有人這麼殘忍，把人的牙齒硬生生拔下來。」

此話一出，車內一度陷入沉默。

是啊，怎麼會有人能夠這麼殘忍。

他們找上王美蘭的時候，王美蘭經過社會局的照顧，換上一套乾淨的衣服，頭髮用橡皮筋簡單束起，沒有剛進警局時的神經質跟恐懼，她現在整個人精神很好，說話順暢許多。彷彿浴火鳳凰，劫後重生。

「這七年來，我從來沒有一天睡過好覺，直到報案後，我終於睡好了。」她說。

王美蘭相當配合警方，告訴他們大約的地點。

警方出動搜索前，先報請檢察官許可後，再向法院聲請搜索票。

檢察官帶隊，前往公墓。

王美蘭給他們指路，因為屍體被分屍了，葬在不一樣的地方。明明過了七年，她卻對當初埋屍的路線，記得清清楚楚。

警方在空地處挖出李俊雄的斷腿、屍塊，接著前往蝙蝠洞找人頭。

蝙蝠洞就算是大白天，洞裡也是半點光線照不進來，烏漆抹黑，他們憑藉手電筒的光，往前挺進。

外頭天透光，王美蘭還記得清楚路線，進到蝙蝠洞就難以辨認了。黑暗很影響人對方向的判斷，她沒有一個準確的方向，只能讓警方幫忙搜索。

「我只記得我們走到很裡面，我沒有埋得很仔細。」這是她唯一記得的線索。
高仁和在小隊之中，剛剛他路過一個沼澤，腳踩進水中，把他自己嚇了好大一跳。
「這裡好黑啊。」高仁和對李嵐全說，他需要跟人類來點沒營養的對話，平復他剛才的驚嚇。
「你看那裡是不是有一張冥紙？」李嵐全渾然沒察覺高仁和的心思，給他一句恐怖提問。
「這裡怎麼會有冥紙？」高仁和害怕反問。
「我覺得怪怪的。」李嵐全跨步，走到冥紙的位置，提著手電筒，用棍子翻動那張冥紙。
他低頭一看，翻開冥紙的一瞬間，竟順帶掀開裝著人頭的紙箱板，他就跟裡頭的文雄人頭照面。
那一瞬間，他的雞皮疙瘩冒出幾百個。
「怎麼了？」高仁和看他定在原地，莫名其妙地問他一句。

「我幹你娘！」李嵐全罵髒話。靠髒話安定他嚇壞的心臟。

「幹嘛罵我？」高仁和錯愕，一臉無辜。

「找到了！」

「啊？」

「頭找到了！」李嵐全大喊，通知其他弟兄，目標已經找到。

李嵐全退後，等檢察官過來。

所有刑警給檢察官阿西讓路，阿西彷彿摩斯分紅海，越過人群，來到李嵐全的位置。

「在哪裡？」阿西詢問。

「那邊。」李嵐全利用手電筒的光給他指引。

阿西順著光照，看到火鍋紙箱。他上前，用自己的手電筒照明，紙箱已經半開，他走近就能看到一顆人頭臉部朝上，眼睛微瞇。

為了確認無誤，他完全打開紙箱，辨認人頭。

對，是他媽的一顆人頭。

因為蝙蝠洞太暗，即使有燈光照著，拍出來的照片依舊成效不佳，白白浪費底片。他們決定移轉陣地，將紙箱帶出蝙蝠洞，找個光線較佳的位置，開始驗屍。

王美蘭看著文雄面目全非的人頭，崩潰痛哭，泣不成聲。七年來，愧疚已經形成巨大石頭，壓在她心上，日夜難以安眠。

如今這塊石頭，終於能放下。

而後，檢方根據王美蘭的供詞，傳喚謝國偉。

謝國偉表現相當冷靜，令人不寒而慄的冷靜，他矢口否認犯案。

直到他被帶去重回現場，重現當時的情況，他才露出驚慌的神情。

當年的羊肉爐，如今已經變成美容院，但二樓的格局沒有太大變化。

檢方為求慎重，甚至拆下浴缸，當作證據帶回去調查，做微物跡證。浴缸檢驗出確實有手如柔荑，膚如凝脂，領如蝤蠐，齒如瓠犀，螓首蛾眉。巧笑倩兮，美目盼兮。
美人如仙，身穿一襲白素古裝服飾，對著男子微微一笑，傾國傾城。
男子被如此美人吸引，情不自禁，追上美人。
「美人，等等我。」他向美人吆喝。
美人向他招手，勾引他過來。
男子雙腿不及她的速度，不惜開車追過去。
期間不知道追了多久，美人終於停下，停在一處華美的客棧，朝他呼喚：
「過來啊。」
他一個現代人走入古色古香的客棧，彷彿穿越古代一般，但他絲毫不覺得奇怪。
美人停在一張擺滿佳餚的桌前，帶著美好笑容，向他請示入座。
他坐下後，美人靠在他身旁，為他斟茶倒酒。
美人在懷，他哪有心情吃東西，只想快點品嘗佳人。
然而，美人不讓，輕推他一把，說道：

「你吃啊。吃完了，才好上路。」

「好好，我吃我吃。」他縱容答應，卻動作粗魯，狼吞虎嚥，將食物往嘴裡塞，頓時吃下不少食物。

吃飽了，總算可以進入正題，他早已迫不及待。

美人卻一溜煙地從他懷裡逃走，他肯定不會放過她，立刻追了上去。

美人笑聲如輕鈴，像是在鼓舞他，快點追上自己。

她往樹上躲藏，他跟著她爬上樹，在她動作變慢時，加快動作，突然猛地一撲，雙手大張，用力緊抱她。

那時，他心想：看妳往哪跑！

T市S區。

警方通知盧守玄的太太，告訴她，盧守玄的車子找到了，但是沒有找到人。

林美嬌人在S區，距離M區有段距離，她人過去要花不少時間。

現場的警方繼續搜索，其中兩位交通隊的警員躲在一處偷懶抽菸。他們站在產業道路旁，靠近山壁的位置，山壁上一排的相思樹，樹枝彎出山崁，正巧幫他們形成視線死角。

「煩，是要找到什麼時候！」

「聽說車主很會玩，人說不定跑去哪裡花了。」

語畢，他吸口菸，抬頭，對空長吐。眼一定，看到頭上的物件，他氣吐到一半，動作一滯，差點被嗆死。

一名男子吊死在他頭上兩公尺高的位置，隔著山崁，掛在一整排相思樹的其中一顆。人雙腳隨風晃蕩。

「找到人！找到人了！」一旁的隊員高喊，將其他人喊過來。

人找到，沒有生命跡象。

命案發生，立刻通知檢察官。

制服警察撤退，留下兩名派出所的員警拉封鎖線，顧現場。

高仁和是承辦人員，得留在現場。

等檢察官來的時候，他和葬儀社的人站在遠處，抬頭望著死者發呆。

死者像風鈴一樣，隨風轉來轉去。

高仁和處理過不少上吊自殺的案子，但是眼前這位男子姿勢非常特殊。一般上吊自殺的人手會自然垂放下來，但是這一位，他手卻是呈現環抱的姿勢，好像面前有一個人在跟他相擁。

檢察官一來，死者得弄下來。

盧守玄吊的位置很高，葬儀社拿出一根竹竿綁上鐵絲，將死者的腳勾近。

接著高仁和爬到山崁上，抓住他的腳。

他一抓，好巧不巧抓到盧守玄褲子，還把褲子拉下一大半。

「喔！畫面太美，我不敢看！」

葬儀社兩人側臉迴避，敬謝不敏。

樹上準備自殺。

死前，魔神仔還請他吃一頓大餐，但根據他嘴裡都是土來判斷，他以為的大餐其實只是地上的泥土。

「這……這算是自殺，還是他殺？」高仁和疑問。

「管他自殺還是他殺，牽亡魂的話只供參考，又不能真的當證詞。再說，就算是真的，我們也抓不到凶手啊！有本事，你去路邊抓一個魔神仔回來，問他是不是凶手。」學長表示。

高仁和乾笑。

知道凶手是誰，但是抓不到。

這種事也是有的，而且經常發生呢。

第十一案

英文刺青

高仁和靈機一動，脫口而出：「我找你很久了。是不是跟你在一起的女人，都要以這種方式結束生命？」他這樣詐他，沒憑沒據，很容易出問題。然而，男子被他一詐，當真露出慌張神情，作賊心虛，「我知道你們一定會找到我。」

事情過了一個月，有天死者的母親打電話到警局，說要找高仁和。

高仁和一問之下，很快想起那位女孩。

「警察先生，我女兒最近每天託夢給我，我夢到我跟她講話。她一直在跟我講ＡＢＣ。」死者的母親對高仁和說。

高仁和反問她：「ＡＢＣ是什麼意思？」

「我不知道，就是夢到她一直說ＡＢＣ。」她也沒有答案。

「妳女兒跟妳講ＡＢＣ，它代表什麼意義，我一個外人……我怎麼會懂。ＡＢＣ……我也不知道要怎麼解釋。」高仁和無奈表示。

她說不出個所以然，只能不了了之。

又過了一個禮拜，死者的母親陪同一名女孩一起上警局，來找高仁和。

「高先生，不只我夢到，我女兒的同學也夢到了！」死者的母親對高仁和說，示意身旁的人。

「妳夢到什麼？」高仁和問她。

對方和死者年紀相仿，二十幾歲，是死者的大學同學。

「我夢到她來，看著我一直念ＡＢＣ。」

又是ＡＢＣ！

「ＡＢＣ代表什麼？妳們要不要去解夢？妳們跟我說，我也不懂啊。」高仁和無奈又帶著委屈，他只是警察，沒有神通的本領啊。

他高中英文全部低分通關，說是英文文盲也不為過。

ＡＢＣ……對他而言，是另外一個平行宇宙。

最後，他也只能送兩位離開。

事件相隔快半年，在Ｗ區，有一棟十二樓的有名建築，地下一樓到四樓是百貨公司，五樓到十二樓是一般住戶。

百貨公司四周有私人聘請的警衛四處巡邏。

這天，警衛照舊巡視周遭，突然一個女孩毫無預警地摔落到地面，發出碰的巨大聲響。

四名附近的警衛立刻上前查看，女孩當場死亡，其中一名警衛立刻抬頭，尋找出事來門外，照片上的小姐化作現實，她一百五十幾公分，四十幾公斤，體型纖瘦，一身卡通短袖上衣和長牛仔褲，看起來一點都不像兩個孩子的媽，反而像是剛畢業的學生。和照片上性感誘人完全不一樣，本人顯得清新脫俗。

「你好。」林巧音向他打聲招呼。

「妳……妳好。」陳青輝莫名地緊張，愣在原地，不知道該怎麼反應。

「別緊張，先讓我進去吧？」林巧音笑說，讓他放輕鬆點。

「請進請進。」陳青輝讓步，請她進門。

林巧音進門後，非常隨興地跟他聊天：「我聽張哥說你也是警察？」

「是是。」陳青輝拘謹回答。

「唉，你放輕鬆點！你這麼緊張，會害我也很緊張耶！」林巧音輕笑，非常自然地坐上賓館的床，把玩其中一顆枕頭。

「我我沒有緊張。」陳青輝睜眼說瞎話。

「喔。」林巧音單音答應，她眼睛打量陳青輝，發現對方已經洗好澡了，她問：「需要我洗澡嗎？不過我是洗過才出來的。」

「那不需要了。」陳青輝不麻煩她了。

林巧音爽快問他：「你想幫我脫衣服，還是要我自己脫？」

「我我我我……」陳青輝結結巴巴的，木頭一般，手足無措。

林巧音見狀，湊向他，手隨便一搭，就把他腰際的浴巾弄掉了。

她抬頭對著人露出狡黠的笑，靈動的眼神，特別美。

陳青輝一時情動，理智就飛了。

那天之後，陳青輝整個人陷進去了。

他愛上林巧音，魂魄像是被勾走般，手頭有點錢，就想去找她。

薪水一個月只發一次，一萬多塊根本不夠他花，自己家裡也無暇照顧，全心全意投在林巧音身上。

有人來消費，張車夫自然非常歡迎，也不管陳青輝的能力多少。林巧音知道他這情況，勸過他幾次，讓他別這麼頻繁找她，也不想跟他有其他的發展。

一天，陳青輝又透過張車夫，點名林巧音。

林巧音一到，氣說：「你怎麼又點我了？我不是叫你別找我了嗎？」

「我想見妳了。」陳青輝乖乖被她罵，委屈地說。

「你別找我了。你看我們兩個年紀相差這麼多，真的不適合。而且你做警察也不敢太光明正大，我們沒未來的。真的。」林巧音苦口婆心勸導。

「可是我喜歡妳。」

「可是我不喜歡你！我只喜歡錢！」林巧音誠實以告。

「我可以給妳我所有的錢！」陳青輝立刻回答。

「你的錢哪夠塞牙縫？我其他客人比你有錢多了。真的，小朋友，我們算了。你以後不要再找我，你這樣我也會很難過，我會慎重跟張哥說這件事。」林巧音說完立刻走人，錢也不跟他拿，回去把張車夫臭罵一頓。

張車夫也不是什麼好人，奇怪她幹嘛有錢不賺，非要把人往外推。他把林巧音從頭到尾嫌棄一遍，罵她年紀多大了，還有客人願意點，就要跪著偷笑，還敢拒絕。

林巧音想法很簡單，她是出買身體沒錯，但是她也是人，人都有心。

那些嫖客來玩，她可以奉陪，大家一場交易，付完錢一拍兩散，皆大歡喜。

但是陳青輝不一樣，他想跟她談真感情。

她這個年紀，還帶著孩子，她已經沒有談真感情的膽量。

她有點怕他，所以寧願快刀斬亂麻，斷得乾淨。

林巧音跟張車夫大吵一架，放狠話，反正她以後不接陳青輝這個客人。

從此她再不和陳青輝見面。

陳青輝愛著林巧音，不明白她怎麼可以說斷就斷。他還想見她，偏偏張車夫不願意幫他聯繫。

「我拜託你，讓我再見她一面。」

「不行啦，她放狠話不想再見你。」

陳青輝塞錢給他，張車夫不敢收，立刻還回去。

「陳警官，我真的不能幫你，我要是幫你，我會被她念到死。你看開點，不要這樣。」

「我是要買她，她怎麼可以不做我的生意？」陳青輝瞪他，大有動手的跡象。

「話不是這樣講啊！我們雖然是仲介，但是也不喜歡強迫手下的小姐，這種事還是要講求你情我願，你說對不對。」張車夫跟他講道理。

陳青輝沒揍他，氣憤走人。

張車夫鬆了口氣，回頭跟蔡介群抱怨一頓，都不知道介紹的是什麼樣的人，竟然會對小姐動真情。

蔡介群得知消息，看不下去，又罵又勸陳青輝：「你理智點，別被小姐給哄到魂都沒了。她們想的只有錢，你現在錢也沒了，所以她就不理你了。你日子還是要過，總不能影響生活。」

「我可以去借錢……只要她能陪我。」陳青輝情深不悔。

「拜託，那種地方專出婊子。你沒聽過婊子無情嗎？你別這麼傻！」蔡介群罵不下去，陳青輝根本聽不進去別人的勸告，他搖搖頭，乾脆離開了。

陳青輝呢喃：「可是我就是這麼傻。」

他能有什麼辦法，他只想要林巧音。

一連好幾天，完全找不到人，他感覺像是世界末日般，做什麼都沒意思。人活著到底有什麼意義。

這天，陳青輝沒有排班，但他還是進警局，上了二樓拿鑰匙打開槍械室的門，取走槍

期間也領得出去。你看我們值勤有時候兩個人，有時候一個人，一個人的時候，想死還不簡單嗎？一個人真正想死的時候，再多規定也攔不住！你說是不是！」學長氣憤不平。

「是是。」高仁和附和，認同他的說法。

他們一前一後離開槍室，高仁和以為學長終於把故事說完。

沒想到在下樓梯的途中，學長又接著說下去。

「這件事最玄的是，那間分局有傳聞說半夜十一點過後，電梯經常無故停在二樓，局裡的人懷疑是陳青輝的鬼魂跑去領槍了。道教有個說法，自殺的人會一直重複自殺那天的行為。」學長一口玄妙語氣。

「這是碰巧停在二樓吧？你看我們不就是搭電梯上二樓，領完槍，然後走樓梯下去。」

高仁和不輕易相信這類現象，盡量以科學的角度去看待。

「還有一個傳聞，據說有不知情的學弟睡陳青輝自殺的床鋪，還會被他叫起來，要他去上班。以至於後來沒人敢在六樓睡覺。」學長接著說。

語畢，學長覺得毛骨悚然，怕得猛搓自己的手臂。

「你是說他的鬼魂會在別人睡過頭的時候，叫人起來上班？」高仁和內心充滿疑惑，跟他確認。

「是的。」

「這……這我聽起來，他沒有惡意。免費的鬧鐘。」

「是沒有惡意，但你想想在你房間裡面一直有其他的……存在，你不會不舒服嗎？」

「這倒是。」高仁和點頭，又搖頭，唏噓：「多可惜的人。」

倘若陳青輝現在還活著，他跟林巧音還不一定是什麼結果。

人要是死了，就什麼都沒有。

不划算。

番外篇

陰間執法

洪仲南出殯前一天，洪家人將他的警察制服燒給他。燒完警察制服的隔天，洪仲南讀高工同學跑到洪家，跟他們家的人說：「阿姨，我昨天作夢夢到他，他跟我說他缺一條警用皮帶。你們是不是沒有燒皮帶給他？」

洪媽媽驚訝回答：「對，沒燒。」

民國九十四年四月，T縣X市H區。

H區派出所員警洪仲南與張俊明騎著巡邏警車，前往農會辦事處後門設置的巡邏箱簽到。農會附近是一個菜市場，從早上六七點開市到中午一點半結束。

他們抵達的時間是四點左右，菜市場早已結束，附近沒什麼人走動。

洪仲南動手簽到，同事張俊明站在一旁等待。他們愜意地閒聊，聊著最近的新聞大事。

「東部W山溫泉土石崩落砸死泡湯遊客的事，嚇死我了。我家人本來計畫等我下次休假，一起去那邊玩的。現在我們都不敢去了。」張俊明說道。

「那邊應該封鎖了，想去也沒辦法。」洪仲南背對著人，剛簽完。

「對啊。沒緣分。」

哈！洪仲南笑一聲，簽到完畢，轉身準備走人。

說時遲，那時快。

兩名男子毫無預警地向他們撲過來。

一人擒住張俊明，手持西瓜刀猛砍他的頸部，張俊明原本劇烈掙扎，被連砍好幾下後，痛得昏厥過去。

另一名男子從後一手勒住洪仲南的脖子，一手持藍波刀猛刺他頸部、頭部與背部。洪仲南被刺破大動脈，血噴得到處都是，濺歹徒一身。

歹徒過於慌亂，動作過大，洪仲南被他殺得倒在地上，壓倒他們停放在一旁的警車。他殘存一絲意識，聽到他們的談話。

「拿槍要緊！」男子提醒一句。

對方立刻醒悟，出手要搶奪他的佩槍，洪仲南擋住他，不許他拿。

不行！不能被他拿走槍！

他用最後僅存的意志，抓緊配槍的扣帶，拚死命保住警槍。

「幹！別管了！我拿到槍了！趕緊撤！」

男子一聲命下，兩人立刻撤退。

洪仲南保住他的佩槍，在他嚥下最後一口氣，他還在擔心身旁搭檔的情況。

幾分鐘過去，民眾路過，看見他們的情況，第一時間叫救護車，叫警方過來處理。

洪仲南當場身亡。

張俊明脖子被砍三刀，送醫急救，目前昏迷不醒。

警察辦那麼多的案子，看到自己同事如此遭遇，心有戚戚焉。上頭還沒表示，他們已經義憤填膺，積極偵辦，查監視錄影帶、查訪附近民眾，能做的盡量做。

偏偏他們所在的位置，是監視錄影的死角，不知道人到底是從哪裡，又是怎麼動手的。

洪仲南與張俊明平時在職表現良好，人際往來之間也沒有跟人結怨。

一連好幾天，警方一無所獲，毫無頭緒。

由於張俊明的警用手槍被搶走，上頭非常專注這起案件，盯得很緊。

「沒辦法了。我要來問神。」刑事組的組長王世昌為了能盡快破案，他決定尋求神明的力量。

王世昌集結負責殺警案的組員，前往明鳳宮向神明請示。住在他們分局那一區的里長得知他們要進廟求神，集結案發附近的里長，一同前往。

里長們對這件案子非常關注，警察可是人民保母，竟然有歹徒敢在太歲上動土，絕對要趕緊抓起來。

警察群與里長們一大群人，總共十多個，向廟裡的主持說明來意。

主持一聽是為了求問洪仲南事件而來，二話不說，立刻為他們安排請廟裡的乩童請神。

王世昌作為這群人的領頭，負責開口向神明請示，先介紹自己的來歷，服務哪個單位，清清楚楚交代。

「我們現在有個案子，是我們派出所的同事洪仲南被殺，另一名遇害的同事張俊明到現在還昏迷不醒。現在找不到凶手，沒有頭緒，請神明幫幫忙，給個明示。讓壞人能早點落網。」他誠心誠意請示。

他一問完，乩童突然手用力掐緊自己的脖子，開始寫字，寫雙木林，一個林字。但是這個兩個木，寫得很開，而且是一個大的木，一個小的木。

眾人盯著字，心中一片疑惑。

乩童接著寫，三天破。

然後一個踉蹌，也不掐自己了，一旁的住持解釋：「退駕了。」

王世昌盯著乩童寫的字，同樣摸不著頭緒。

「是不是凶手姓林？」

「三天破是指三天破案嗎？」

小組員熱烈討論，猜測神明的指示到底是什麼意思。

「住持，這個要怎麼解？」其中一名里長詢問住持，請住持幫忙翻譯。

住持盯著字，居然也露出困惑，他表示：「這……

這不是我們宮裡神明寫的字，我也不清楚是什麼意思。我們神明的字不會寫得這麼正。」

他這話一出，再聯想剛剛乩童手掐脖子的姿勢。

洪仲南致命傷在脖子，被歹徒刺破的頸動脈，血流過多致死。

所有人一驚，意識到乩童請上身的非常可能就是洪仲南本人。

問完事，一大群人散的散、走的走，警方順便合資給洪仲南點盞光明燈。

「組長，你看我們是不是應該查姓林的人？」

王世昌搖頭：「姓林的這麼多，怎麼查？我看你們多查訪民眾，看有沒有什麼可疑的人事物，比較實際。」

洪仲南出殯前一天，洪家人將他的警察制服燒給他。

燒完警察制服的隔天，洪仲南讀高工同學跑到洪家，跟他們家的人說：

「阿姨，我昨天作夢夢到他，他跟我說他缺一條警用皮帶。你們是不是沒有燒皮帶給他？」

洪媽媽驚訝回答：「對，沒燒。」

「那、那你們記得補燒一條給他。」

「好好。你夢到他，他怎麼樣？有沒有好好的？」洪媽媽聽到自己的兒子託夢，就想問兒子的情況。

「他跟平常沒兩樣，阿姨妳不要太擔心他。」對方安慰她。

「他沒事就好。」洪媽媽呢喃，眼淚禁不住掉下來，思子心切。

當晚，洪媽媽立刻補燒一條警用皮帶給洪仲南。

燒完皮帶的隔天，H區派出所的員警查訪民宅，問到一名陳女士，她告訴警方：

「我最近出門散步，有看到兩個人，在一座廢墟裡燒東西。我覺得怪怪的，你們要不要去查看看？」

派出所員警問出她所指的廢墟所在，立刻通知刑事組，刑事組帶著鑑識小組前往。

到達廢墟，找到燒成一堆的灰燼，鑑識小組從灰燼中辨認出帶有血漬的兩套衣服，褲子口袋裡面，竟然有一小片的身分證沒有燒完，還能辨認原主。

他們差點樂壞。

警方從身分證碎片查出原主黃柏鷹，前往黃柏鷹的住所，卻撲了個空，人不在家。

他們在樓下看到一輛沒有車牌的機車，直覺這輛車有問題，請鑑識小組來。

鑑識小組的人對著機車的把手，各方面刮除一點點細碎的粉末，拿回去做微物跡證。

他們在把手上找到洪仲南的血跡，立刻請示檢察官，向法院聲請搜索票。

警方第二次上門，黃柏鷹沒跑了，被逮個正著。

黃柏鷹還有一個哥哥叫黃柏鐘，這兩個親兄弟租一間房，住在一起，警方從他們家中搜出開山刀與藍波刀總共十五把、一副十字弓、一把黑星手槍，以及他們從張俊明身上搶到的警用手槍。

而後檢警從大哥黃柏鐘口中得知，由於他們兄弟倆各自欠下一屁股的債，動起歪念，想要搶劫銀行。偏偏他們買到手的黑星手槍頻頻卡彈。他們將念頭打到警察的配槍上，那天各自帶著開山刀與藍波刀，尾隨巡邏的洪仲南與張俊明，殺警奪槍。

凶手落網，好巧不巧，黃柏鐘跟黃柏鷹兄弟倆名字中都有一個木字，一個大的木跟一個小的木。

應證了那天他們問神的結果。

抓到黃氏兄弟的當天晚上，洪仲南的父親夢見洪仲南穿戴一身整潔的警察制服，神清氣爽地坐在家中客廳，偶爾起身走動，到處看看。

他爸沒意識到自己在作夢，也忘了洪仲南的逝世。他在夢中問他：「吃飽了沒？」

洪仲南回答他：「吃飽了，準備走了。」

「路上小心。」他爸交代。

洪仲南答應，打開家門，離開。

張俊明從加護病房醒來，對著病房裡的人，開口第一句話：「我搭檔怎麼了？」

他女友坐在病床旁，聽到他開口說話，泣不成聲，一方面高興他醒了，一方面不知道該如何開口他的搭檔已經遇難。

「我剛剛作夢有夢到他，他穿警察制服，他叫我快點起來上班。然後我就醒了。」張俊明說。

他女友泣不成聲，心裡感謝洪仲南不忘喚醒他。

張俊明搞不清楚狀況，雖然醒過來了，但人還有點昏昏沉沉。如夢似幻。

完

高警官事件簿之

臺灣社會奇案

作者	高仁和
改編	怪盜紅
封面攝影	李文欽
內頁&封底攝影	林憲譽
發行人	黃鎮隆
副總經理	陳君平
副總編輯	周于殷
美術總監	沙雲佩
封面設計	陳碧雲
視覺構成&排版	劉淳涔
公關宣傳	邱小祐、劉宜蓉
國際版權	黃令歡、李子琪

出版 城邦文化事業股份有限公司 尖端出版
台北市民生東路二段141號10樓
電話：(02)2500-7600 傳真：(02)2500-1971
讀者服務信箱：spp_books@mail2.spp.com.tw

發行 英屬蓋曼群島商家庭傳媒股份有限公司
城邦分公司 尖端出版行銷業務部
台北市民生東路二段141號10樓
電話：(02)2500-7600(代表號) 傳真：(02)2500-1979
劃撥專線：(03)312-4212
劃撥戶名：英屬蓋曼群島商家庭傳媒(股)公司城邦分公司
劃撥帳號：50003021
※劃撥金額未滿500元，請加付掛號郵資50元

法律顧問 王子文律師 元禾法律事務所 台北市羅斯福路三段37號15樓

台灣地區總經銷 中彰投以北(含宜花東) 楨彥有限公司
電話：(02)8919-3369 傳真：(02)8914-5524
雲嘉以南 威信圖書有限公司
(嘉義公司)電話：0800-028-028 傳真：(05)233-3863
(高雄公司)電話：0800-028-028 傳真：(07)373-0087

馬新地區經銷 城邦(馬新)出版集團 Cite(M) Sdn.Bhd.(458372U)
電話：(603)9057-8822、9056-3833 傳真：(603)9057-6622

香港地區總經銷 城邦(香港)出版集團 Cite(H.K.)Publishing Group Limited
電話：852-2508-6231 傳真：852-2578-9337
E-mail：hkcite@biznetvigator.com

版次 2018年8月初版 Printed in Taiwan
ISBN 978-957-10-8250-9

國家圖書館出版品預行編目（CIP）資料

高警官事件簿之臺灣社會奇案 / 高仁和著；怪盜紅改編. -- 初版. -- 臺北市：尖端出版：家庭傳媒城邦分公司發行, 2018.08

面； 公分

ISBN 978-957-10-8250-9(平裝)

857.63 107009736